運命なら、もう一度

バーバラ・ダンロップ 作

星　真由美 訳

シルエット・ディザイア

東京・ロンドン・トロント・パリ・ニューヨーク・アテネ・アムステルダム
ハンブルク・ストックホルム・ミラノ・シドニー・マドリッド・ワルシャワ
ブダペスト・リオデジャネイロ・ルクセンブルク・フリブール

Marriage Terms

by Barbara Dunlop

Published by Harlequin K.K., Tokyo, 2007

バーバラ・ダンロップ　初めて小説を書いたのは八歳のとき。周囲から絶賛されるも、残念ながら広く刊行されるには至らなかった。だがそれがきっかけで、執筆への意欲を燃やすようになる。そしていま、彼女は受賞歴を誇るベストセラー作家となった。彼女の作品は、多くの国で読まれている。

主要登場人物

アマンダ・エリオット…………弁護士。
ダニエル・エリオット…………雑誌編集主任。アマンダの元夫。
ブライアン・エリオット………アマンダとダニエルの長男。
カラン・エリオット……………アマンダとダニエルの次男。
カレン・エリオット……………アマンダの元義姉。
シャロン・エリオット…………ダニエルの前妻。
パトリック・エリオット………ダニエルの父。

1

もしアマンダ・エリオットの思いどおりになるのなら、ニューヨークには離婚した夫に対する法律ができていただろう。彼女は〈ボカ・ロイス・ヘルスクラブ〉のプールの飛びこみ台に足の指をかけ、追い越しレーンの中へ頭から飛びこんでいった。

女性の生活を侵す元夫に対する法律。アマンダは両腕を伸ばし、水面に出るまで水をかき、体をうねらせた。

十五年以上も体形をきちんと保ち、セクシーでいる元夫に対する法律。リズムに乗るにつれて右腕はクロールの弧を描き、冷たい水は世界を遮断する。

それから、女性をしっかりと抱き、なぐさめの言葉をささやき、その女性の狂おしい世界をまた引っくり返してしまう元夫に対する法律も。

アマンダはぎゅっと目を閉じて禁断の思い出を追い出し、指先がプールの反対側の壁に触れるまで勢いよく泳いだ。そしてターンし、もう一往復、泳ぎだす。

政治家は、銃撃戦で怪我《けが》をした息子や、こっそり当局の捜査官になった息子、母親の許可なくスパイ学校に行った息子に対する法律を作るべきだ。

そんなに手間はかからない。承認拒否の単純な改正案さえあれば、女性がある日目覚めたときに、ジェームズ・ボンドを産んでいたことに気づかされる事態はなくなる。

アマンダは中間地点の青い浮きを通り過ぎた。

息子のブライアンはジェームズ・ボンドだった。

その思いに、アマンダはやけになったように笑い、あわや胸いっぱいの水を飲みこみそうになった。

どれだけ考えても、ブライアンが偽造パスポートを使い、外国製の車に乗って異国をドライブし、爆破するために小さなリモコン装置のボタンを押しているなんて想像できない。私のブライアンは子犬とフィンガーペインティングが大好きで、角の〈ウォンズ〉でしか買えない甘くて小さなココナツ・シュークリームのために生きていたのに。

ブライアンがスパイの世界から足を洗おうとしているのはありがたかった。新婦にそう誓ったのだ。この耳で聞いたのだ。ダニエルも。

ストロークの力が弱くなる。今回は、元夫のイメージは消えてくれなかった。

ダニエルはブライアンが手術を受けた長い夜の間ずっと、励ましてくれた。アマンダの柱となり、恐怖に倒れそうになったときには支えてくれた。ときどきあまりにもきつく抱きしめるので、二人の間の十五年以上にわたる怒りと不信感はとけてしまった。

緊張緩和《デタント》？

アマンダはまたターンし、足でプールの壁を蹴《け》って水面に戻った。さっきより熱を入れて泳ぎ、ストロークに集中すると同時に歯も食いしばる。

デタントなんてありえないわ。

可能性ゼロよ。

なぜなら、ダニエルは正真正銘のエリオット家の一員だから。そして私は……違う。それに比べたら、東西の緊張関係なんて、ないも同然だわ。

休戦は終わりよ。ブライアンは順調に回復している。ダニエルはマンハッタンの彼の住む側へ戻った。そして私は明日の朝、マーサー判事の前で最初の弁論を行うのだ。

次の一往復を泳ぎおえて、指の関節が壁にあたった。〝五本目ね〟アマンダは心の中で数えた。

「やあ、アマンダ」ダニエルの聞き慣れた声がどこからともなく聞こえてきた。

アマンダはあわてて体を起こし、塩素消毒された水を目から払い、ぼんやり見える元夫の姿に向かってまばたきをした。ここでなにをしているの？

「ブライアンになにかあったの？」

ダニエルはたじろぎ、すばやく首を横に振った。

「違う、違う、すまない。ブライアンは元気だ」コンクリートのプールサイドにしゃがみこみ、二人の目線の高さを合わせる。

アマンダはほっとしてため息をつき、プールの端の溝にしがみついた。「よかった」

「カランが、ここに来れば、君に会えるって」

次男のことを言われ、アマンダはまた急に心配になった。「ミスティがどうかした？」

ダニエルはふたたび首を振った。「ミスティは元気だ。赤ん坊は大暴れしてるよ」

アマンダはダニエルの表情を見た。冷静で無表情。真っ昼間にオフィスから彼を引っ張り出した理由がなんであれ、命にかかわることではなさそうだ。

ダニエルは立ちあがり、アマンダの視線は彼の筋肉質の胸からネイビーブルーのトランクスへとさまよった。裸足《はだし》で、彼の半分くらいの年齢の男性さえうらやむような六つに割れた腹筋を見せびらかしている。

アマンダの口は乾き、突然、この十六年間、デザイナーズスーツ姿以外のダニエルを見たことがなかったことに気づいた。さよならを言って彼女を抱きしめた男性は、最高の体をしていた。

落ち着きを取り戻そうと、アマンダは深い水の中で両脚で水をかいた。「じゃあ、ここでなにをしているの？」

「君をさがしていたんだ」

アマンダはまたまばたきをし、ダニエルの言葉を理解しようと努めた。思い違いでなければ、彼とはブライアンの結婚式で別れを言い、それぞれの生活に戻ったはずだ。

　ダニエルは今、利益と市場のシェアについてきょうだいと必死で闘いながら、『スナップ』誌のオフィスにあるマホガニー材のデスクについているべきなのに。〈エリオット《E》・パブリケーション《P》・ホールディングス《H》〉の最高経営責任者《CEO》の座をめぐる争いに巻きこまれているのだから、勤務時間にオフィスの外に出るなんて、聖書規模の大惨事をかかえているときだけにすべきだ。

「君と話したくて」ダニエルはさりげなく言った。

「なんですって？」アマンダは頭を振って耳から水を出した。

「話だよ。わかっているだろう。人が情報やアイデアを交換するときに使う言葉さ」

　耳をすっきりさせても、なにも変わらなかった。ダニエルは〝おしゃべりをする〟ために私をさがしに来たの？

　ダニエルはほほえみ、腰をかがめて手を差し出した。「一杯どうだい？」

　アマンダはプールサイドを離れ、立ち泳ぎを始めた。「けっこうよ」

「プールから出ておいでよ、アマンダ」

「いやよ」アマンダはおしゃべりなどするつもりはなかったし、ダニエルの前で体に張りついた水着姿をさらすつもりもまったくなかった。「まだあと四十五本、泳がなくちゃいけないの。帰って」

　五十往復泳ぐのは大げさにしても、アマンダには終えなくてはならないトレーニングがあったし、頭をすっきりさせたかった。息子が生死をさまよっていたときは、ダニエルに寄りかかっているのもよかった。だが、休戦は終わったのだ。もうそれぞれの最前線へ戻るときだ。

「アマンダ、君と話がしたいんだよ」

　アマンダはレーンのほうへ進んでいった。「話すことなんてないわ。もしブライアンが入院したり、ミスティが妊娠したりしなければ、あなたと私は別別の人生を歩いていたのよ」

「アマンダ」ダニエルは少し大きな声で繰り返した。

「私たちの離婚書類にはそう書いてあるわ」アマンダは泳いでいった。

ダニエルはプールの端に沿って歩いたが、彼の声は水によってかき消された。「僕は……だから君も……前進して……」

アマンダはあきらめて横泳ぎしながら、彼の長身で引き締まった体を見つめた。

「なにに向かって前進するの？」

ダニエルは目を細くした。「聞こえないふりをされるのは嫌いだな」

「私は侮辱されるのが嫌いよ」

「いつ君を侮辱した？」

「耳が聞こえないって」

ダニエルはいらだって両手を広げた。「僕は聞こえない〝ふり〟をしているって言ったんだよ」

「じゃあ、なにかたくらんでいるって言いたかったのね」

「こんなことを続けなくちゃならないのかい？」

どうやらそうらしい。たがいに一メートル五十センチ以内に近づくたびに。

「僕は君のためにあそこにいたんだよ、アマンダ」

アマンダは動きをとめた。水が首にぴちゃぴちゃあたる。もうそのことを言うの？

ダニエルは降参の印に両手を上げた。「そして、君は僕のためにあそこにいた。わかってる、わかってるよ」

「そして、それは終わったのよ」アマンダは言った。

「ブライアンは生きていて……」息子の名前を口にすると、声がかすれた。元気を出そうと深呼吸する。

「カランは幸せな結婚をしたわ」

ダニエルはまたしゃがみ、声を落とした。「君はどうなんだ、アマンダ?」彼の青い虹彩《こうさい》が水を映してゆらめく。

だめよ。こんなことをするつもりはないわ。私の感情や精神的状態についてダニエルと話すなんて。

「もちろん私は生きてるわ」アマンダは辛辣《しんらつ》に言い、水にもぐって水泳を再開した。

ダニエルは速度を合わせてプールサイドを歩きつづけ、彼女の泳ぎを見つめていた。

すぐにアマンダは、水面にどれだけヒップが出ているか、水着がずりあがっていないかしか考えられなくなった。

アマンダはプールの反対側でとまり、目から髪を払った。「もう帰れば?」ダニエルに腿の太さを評価されながら、四十四往復泳ぐ気はなかった。

「法律のことで話がしたいんだ」ダニエルが言った。

「オフィスに電話してちょうだい」

「僕たちは家族だろう」

アマンダがプールの端からさっと離れると、体のまわりに渦ができた。「家族じゃないわ」もう違う。

ダニエルはあたりを見まわした。「ここで話を続けなければならないかい?」

「あなたは好きなところにいればいいじゃない。私は好きで泳いでいたのよ」

ダニエルはプールを見おろす中二階のフロアのほうを顎で示した。「上がって、一杯飲もう」

「帰って」

「君の法的アドバイスが必要なんだ」

「弁護士を雇っているでしょう」

「でも、これは極秘事項なんだ」

「私はまだ泳がなければならないの」

ダニエルは水の下のぼんやりした彼女の体に焦点を合わせた。「そんな必要ないじゃないか」

アマンダの鼓動が一拍飛んだ。しかし、彼の口からはなめらかなお世辞の言葉がころがり出てくることを思い出した。彼女は背を向け、またクロールを始めた。

ダニエルは反対の端までついてきて、アマンダが息継ぎのために顔を上げると、そこに立っていた。

彼女はいらいらとため息をついた。「ほんとうに変な人ね。わかってる?」

「最後まで続ければいい。待ってるから」

アマンダは歯を食いしばった。「やめておくわ」

ダニエルはにっこりして、片手を差し伸べた。

アマンダがプールサイドに立つと、ダニエルは彼女の引き締まった手足と、アプリコット色の水着が成熟した曲線にぴったりフィットしているのをじっと見つめた。アマンダは今ではルーズでゆったりしたカジュアルな服装を好むので、長年の間に太ったのだろうとダニエルは思っていた。でも、そうではなかった。

アマンダにはおしゃれになれる可能性がたっぷりある。プロポーションはゴージャスだ。ウエストはくびれ、腹部は平らで引き締まり、豊かな胸は濡《ぬ》れたライクラ素材の水着の下でまるみをおびている。

本人は認めないかもしれないが、仕事の輪を広げ、裕福なクライアントを開拓し、成功するために、彼女は身支度を整える必要がある。

「一杯だけよ」そう警告し、アマンダは水着から水滴を払いながら、じゃまはしないでといった視線をダニエルに投げた。

「一杯だ」ダニエルはぶっきらぼうに同意し、アマンダの官能的な体から視線を引き離した。

ダニエルには実は議論すべき法的問題などなかった。アマンダをプールから上がらせるためのとっさの言い訳であり、嘘《うそ》をふくらませるには数分必要だった。

ダニエルは過去をなつかしんでいるように見える笑みを浮かべた。「息子たちはここが好きだったな」

「あなた、なにかあったの？」

「僕はただ――」

「いいわ、わかった。息子たちは好きだったわね」

アマンダはしばらく黙っていたが、やがて目の表情がやさしくなった。ダニエルは思い出の中へ沈んでいくのを感じた。

ダニエルの声はかすれた。「僕たち、いいときもあったよな？」

アマンダは返事をせず、彼の目も見なかった。無言で踵《きびす》を返し、廊下を歩いていく。

悪くない。

ここへはいくつか基本的な助言をするために来たのだ。彼女の仕事を軌道に乗せるために。

それ以外は触れてはならない。

立ち入り禁止だ。


アマンダは色あせたジーンズとパウダーブルーのタンクトップを身につけて、少なからず無防備な気分から立ち直った。女性更衣室で濡れた髪を指で梳《と》かし、唇に透明のリップグロスを塗る。もともと日中はほとんど化粧をしないし、ダニエルのためにするつもりもなかった。髪をドライヤーで乾かすこともしなかった。

明るい黄色のアスレチックバッグを肩にかけ、更衣室を出ると、広い階段をのぼって中二階へ行った。

軽く一杯だけよ。彼の話を聞いたら、誰かもっと高額の弁護士にまわして、いいセラピストのところへでも行こう。

階段のいちばん上には、プールラウンジへ続くアーチ形のオーク材のドアがあった。大理石のカウンターにいた受付係が彼女を呼びとめ、会員証の提示を求めた。アマンダがバッグの底から会員証を取り出す前に、アルマーニのスーツを着た非の打ちどころのないダニエルが現れた。

ダニエルはアマンダの腕をとり、受付係にそっけなくうなずいた。「その必要はないよ。彼女は僕のゲストだ」

「厳密にはゲストじゃないわ」アマンダは大きすぎるドアを押し開けるダニエルに向かって指摘した。「私も会員なのよ」

「会員証の提示を求められるなんて気に入らないね」ダニエルは言い、プールを見おろすガラスの壁のそばの小さな円テーブルのほうを身ぶりで示した。

「貧乏くさいよ」

「私が誰だか気づかなかっただけよ」アマンダは言った。「受付係は自分の仕事をしているだけだ。

ダニエルはまるみをおびた背もたれのついた椅子を引いた。アマンダはその革張りのクッションの上に座ると、堅材の床にバッグをぽんとほうり出した。

「もし君が――」

アマンダは肩ごしにちらりとダニエルを見た。

彼は口を閉じ、テーブルをぐるりとまわった。

ダニエルが座ると、ダークスーツ姿のウエイターが現れた。「お飲み物はいかがいたしましょう?」

ダニエルはアマンダのほうへ眉を上げてみせた。

「フルーツジュースを」アマンダは注文した。

「オレンジとマンゴーのミックスジュースがございます」ウエイターが言った。

「いいわね」

「お客様は?」

「グレン・サーニッチをロックで。イエローラベルを」

「かしこまりました」ウエイターはきびきびとうなずいて去った。

「思うに」アマンダは先ほど途中でさえぎられた侮辱を無視する気分ではなかった。「もし私が権威を示す高価なスーツを着ていれば、誰も身元をチェックしたりしなかったって言うつもりだったんでしょう」

ダニエルは異論をはさもうとさえしなかった。

「服装は女性を作るんだよ」

「内面が女性を作るのよ」アマンダは答えた。

「ビジネススーツといいハイヒールを身につけていれば、信頼度がぐっと増す」

「法廷ではそういう格好をするけれど、会員制クラブへ来るときには着ないわ」

ダニエルは扇形のリネンのナプキンをウォーターゴブレットから取りあげ、テーブルにほうり投げた。アマンダを見る目つきがより鋭くなる。「君のワードローブはどうなっているんだい?」

「私生活と仕事で分けているわ。みんなと同じよ」

「君は弁護士だろう」

「そんなことわかってるわ」

「アマンダ、弁護士っていうのは普通——」

「ダニエル」アマンダは警告した。たしかに二人は話をするためにここにいるが、彼女の服装についての話題はその中には含まれていないはずだ。

「僕が言っているのはブティックに行けばいいということだ。習慣的に美容室に予約を入れて——」

「髪?」

ダニエルは黙った。その表情になにかがゆらめいた。「君は美しい女性なんだよ、アマンダ」

「そうね」アマンダはむっとした。運悪く、今はみすぼらしい服装にひどいヘアスタイルをしている。「ブレザーを数枚と、ちょっとした髪のカットのことを言っているんだ」

「そうすれば、〈ボカ・ロイス〉で会員証の提示を求められずにすむってこと?」

「会員証の件だけじゃないよ。わかっているだろう」

アマンダは背筋を伸ばした。わかっていないかもしれない。でも、彼の知ったことじゃないわ。「いいかげんにしてちょうだい、ダニエル」

意外にも、彼は降参するように両手を上げた。数秒後、申し訳なさそうな笑みを浮かべた。

彼が簡単に降伏するなんて、あっけない。なんだかばかばかしい。

ダニエルはテーブルごしに手を伸ばしてアマンダのナプキンをさっととり、グラスの横に置いて、たがいの顔をさえぎるものをなくした。アマンダの視線は彼の力強い日焼けした指に釘《くぎ》づけになり、一瞬、その手が自分の肌の上にあったことを思い出した。ごくりと唾《つば》をのむ。

ウエイターが現れ、コースターの上に飲み物をセットし、横に前菜のメニューを置いた。

「おなかはすいているかい?」ダニエルはメニューを開きながらきいた。

まるでアマンダがスシでも食べて、この時間を長引かせようとしているかのようだ。「いいえ」

「カナッペを頼もうか」

アマンダは首を横に振った。

「オーケー。じゃあ、僕もスコッチでいいよ」

アマンダは高価な琥珀《こはく》色の液体を見つめ、ダニエルが何者になったのかを冷酷に自分に思い出させた。彼女がバドワイザーの缶を彼に出していたのは、ずっと昔の話なのだ。

「三十ドルのスコッチ?」アマンダはきいた。

ダニエルはメニューを閉じて、わきに置いた。

「スコッチのどこが悪いんだい?」

「もうビールは飲まないの?」

ダニエルは肩をすくめた。「ときどき飲むよ」

「国産のものってことよ」

彼がグラスを持ちあげると、氷が上等のクリスタルにあたって、からんと鳴った。「君は俗物《スノッブ》の正反対だな。わかっているかい？」

「そう言うあなたは正統派スノッブだわ」

ダニエルは長い間じっとアマンダを見つめた。その知ったような視線に、彼女の背筋は震えた。

本能的に身を守ろうとしたアマンダは、視線をテーブルに落とした。ダニエルの意見に負けるつもりはなかった。ヘアカットのことは忘れるのよ。ブランド服のことも忘れるの。

彼の私に対する意見なんて、なんの意味もない。まったく無意味よ。

「どうしてだと思う？」ダニエルはやさしくきき、アマンダは顔を上げた。彼は続けた。「どうして僕たちはこんなに議論ばかりしているんだと思う？」

その質問はまぎれもなく親密なものだった。

アマンダは彼に調子を合わせようとしなかった。

「いつかおたがいの考えを変えられるんじゃないかという希望にしがみついているからよ」

ダニエルはしばらく黙っていた。そして心からの笑みを浮かべた。「ねえ、君がそうするなら、僕も改善するつもりだよ」

まあ。この敵意を取り除くような態度で彼が話をどこへ導くつもりなのか、アマンダにはわからなかったが、いいことであるはずがない。「本題に入らない？」

「本題なんてあるのかい？」

「秘密の法的問題でしょう？　それを話し合うために、私をここへ連れてきたんじゃないの？」

表情が消えて顔がこわばり、ダニエルは椅子の上で身じろぎした。「ああ、あれね。ちょっと、その、繊細な問題なんだ」

その言葉がアマンダの注意を引いた。「そうなの？」

「ああ」

アマンダは身を乗り出した。彼はなにかトラブルに巻きこまれているのだろうか？「ダニエル」

「なんだい？」

「要点を話して」

ダニエルはスコッチをすすった。「よし。本題に入ろう。僕は従業員マニュアルの解釈について調べているんだ」

「従業員マニュアル？」

それのどこが繊細な問題なのかしら？ この会話、そして彼の人生を思うと、興味がわいてきた。

ダニエルはうなずいた。

アマンダはがっかりしたようにかぶりを振って、アスレチックバッグに手を伸ばした。「ダニエル、私は企業の法律関係は扱っていないの」

ダニエルはテーブルの上でアマンダの手をつかみ、彼女の腕全体がその感覚に興奮した。

「どういう意味だい？」ダニエルがきく。

アマンダは彼に触れられていることを無視しようとした。「私の専門じゃないってことよ」

「まあ、従業員関係じゃないかもしれないが……」

アマンダは身じろぎした。ダニエルの手から手を引き抜くことができない。「私は刑法を扱っているの」

ダニエルは黙ってアマンダを見つめた。親指の脈が彼女の脈に合わせて打った。

「犯罪よ」アマンダは助け船を出し、そっと手を引いた。

ダニエルは混乱してまばたきをした。

「あなたも新聞は読むでしょうし、テレビでドラマも見るでしょう……」

「でも……個人弁護士は犯罪者を起訴したりしないよ」

「誰が起訴するなんて言った？」

ふいにダニエルの手に力がこもった。「君は彼らを〝弁護〟しているのかい？」

「そうよ」アマンダは、今度は手を引き抜こうとはしなかった。

ダニエルは彼女の手を放し、そっぽを向いた。そしてまた彼女を見つめた。「どんな犯罪者だ?」

「逮捕された人たちよ」

「冗談はよせよ」

「大まじめよ。逃げおおせた人たちには、私は必要ないわ」

「泥棒や、売春婦や、殺人犯かい?」

「そうよ」

「息子たちはそのことを知っているのか?」

「もちろん」

ダニエルは歯を食いしばった。「気に入らないな」

「そう?」まるで彼の意見が私の職業選択になにか関係があるかのようね。

「ほんとうだよ、アマンダ」今度は両手で彼女の手をつかむ。「僕は……」ダニエルはかぶりを振った。

「それは危険だよ」

ダニエルに触れられるのは心を乱されることだが、彼の言葉はそれ以上だった。

アマンダはその両方と闘った。「あなたには関係ないことだわ、ダニエル」

ダニエルはじっとアマンダを見つめた。「関係あるよ」

「ないわ」

「君は僕の子供たちの母親だ」

「関係ないわ」

「そんなことは——」

「ダニエル!」

彼の手に力がこもり、目には親しげな色が浮かんだ。その目は計画があることを告げていた。彼には使命があると。彼女を彼女自身から救い出すつもりだと。

2

ダニエルは息子たちと話す必要があった。まずは一人目からだ。ブライアンと対峙《たいじ》するには、彼の包帯がとれるのを待たなくてはならないだろうが、カランはすぐに話を聞いてくれるだろう。

ダニエルはクレジットカードを〈アトランティック・ゴルフコース〉のプロショップのカウンターにほうり出した。

アマンダが犯罪者を弁護する弁護士だって？　こともあろうに。離婚後、彼女は文学士号をとって、英文学の学士号をとり、それから三年間、法学大学院《ロースクール》に通ったのに、それらすべてを見込みのない者たちのためにどぶに捨てているのか？

プロショップの係員はロイヤルブルーのゴルフシャツを袋に入れ、ダニエルは領収書にサインをした。

元妻が銀行強盗の弁護をしているなんて。息子たちは母親が危険にさらされていることを知っているはずだ。それなのに、長年の間、なにも言わなかった。とくに話題にすることでもないというのか？

たしかに、アマンダとは子供たちの前でたがいの悪口を言わないことで合意した。そして多くの場合、離婚当初、それは相手について話さないことを意味した。だが、ブライアンとカランは今や立派な大人だ。それに、危険が目の前にちらついていたら、それを見分ける力を完璧《かんぺき》に備えている。

ロッカールームで、ダニエルはジャケットとネクタイ、シャツを自分のロッカーにかけた。そして新しいゴルフシャツを頭からかぶり、襟を直した。クラブハウスを出て、テラスカフェを抜けていく。

カランに説明してもらわなくては。

五分ほど歩くと、九番ホールでパットの順番を待っているカランを見つけた。カランはエチケットを無視してダニエルのほうを振り返った。

「やあ、父さん」左側からそっとささやく声が聞こえ、ダニエルは立ちどまった。

振り返ると、長男がいた。「ブライアン？」

グリーンの端に立ち、ブライアンは怪我《けが》をした肩をかばうように三角巾《さんかくきん》を見せびらかし、ダニエルのほうへうなずいてみせた。

「ここでなにをしているんだ？」ダニエルは怒りをこめた声でささやいた。

「ゴルフだよ」ブライアンが答える。

「怪我をしているのに」

カランがパットの構えから顔を上げた。「二人とも静かにしてくれないか？」

ダニエルはカランのボールがカップの中に消えるまで口を閉じた。

「やあ、父さん」カランは言い、パターのグリップをてのひらにすべらせ、二人のほうへ歩いてきた。パターをキャディーに渡す。

「まだ退院したばかりだろう」ダニエルはブライアンに言った。

ブライアンは自分のゴルフバッグのほうへ向かった。「浅い傷だったからね」

「銃弾があたったんだぞ」

「肩だよ」

「三時間も手術をしたのに」

ブライアンは怪我をしていないほうの肩をすくめ、パターを受け取った。「あの医者たちを知っているだろう。彼らは支払いを請求できる時間をなんとかひねり出すんだよ」

ダニエルはカランに食ってかかった。「おまえがブライアンをゴルフに誘ったのか？」

「ドライバーは取りあげてるよ」カランはこともな

げに言った。「兄さんはパットだけさ」

「どうやら僕はいい患者じゃないらしいね」ブライアンは言い、パターショットをはずした。

「五打目だ」カランが言う。

「はい、はい」ブライアンが戻ってきた。「来週は負けないぞ」

「来週はスカイダイビングだよ」カランが言う。

「聞きたくもないな」これが冗談ならいいのにと思いながら、ダニエルは言った。

ブライアンがようやくカップにボールを沈めた。

「リラックスしなよ、父さん。ちょっと飛ぶだけさ」

カランは笑った。「クラブはどこだい、父さん？」

ダニエルは胸を張った。息子たちは成長したかもしれない。彼らの趣味を管理することはできないかもしれない。だが、それでも自分は父親なのだ。

「ゴルフをしに来たわけじゃない」

ブライアンはパターをキャディーに返した。「そうなのかい？」

「それに、今日の午後は泳ぐために〈ボカ・ロイス〉へ行ったわけじゃない」

ちょっと間をおいて、カランは眉を上げた。「ええと、わざわざ教えてくれてありがとう、父さん」

ダニエルは息子を一人ずつ意味ありげににらみつけた。「おまえたちの母さんと話をするために行ったんだよ」そして声のトーンを一オクターブ落とし、息子たちがティーンエイジャーのときにビールを飲んだり、門限を破ったりしたときに使った容赦ない声を出した。「母さんは弁護士の専門分野について話してくれたよ」

ダニエルは間をおき、息子たちの反応を待った。

カランはブライアンをちらりと見て、ブライアンは肩をすくめた。

「被告人を弁護するのが専門だそうだ」ダニエルは息子たちのポーカーフェイスを崩そうと、くわしく述べた。

ブライアンはグリーンを去るためにうしろを向いた。「なにか問題でも、父さん?」

「ああ、問題だね。おまえたちの母親は犯罪者のために働いているんだぞ」

カランは兄のあとに続き、首をかしげた。「誰のために働いていると思っていたんだい?」

ダニエルはラフの中を大股で歩いた。「重役、政治家、遺書を書く年老いた女性たちさ」

「母さんは訴訟者だよ」ブライアンが言った。「ずっとそうだった」

「だが、そのことを父さんに言わなかったのか?」

カランは白い革の手袋をはずし、うしろのポケットに突っこんだ。「僕たちは母さんのことは父さんには話さないんだよ」

「じゃあ、話すべきだったかもしれないな」

「なぜ?」

ダニエルは息子たちがこんなに鈍感なことが信じられなかった。「母さんが危険だからだよ」

「なにが危険なんだい?」ブライアンがきく。

「相手は犯罪者だよ」

「危険じゃないよ」ブライアンは小ばかにしたように言い、三人はクラブハウスへ続く小道を曲がった。

ダニエルは目を細めて長男を見た。息子の言葉はとても自信ありげで、とても断定的だった。そしてブライアンは危険なビジネスに身を置いている。

ちょっと待てよ。

ブライアンは僕の知らないなにかを知っているのかもしれない。そうだ。息子たちが頼りになることに気づいておくべきだった。

ダニエルは重圧から解き放たれた気分になった。

「おまえは母さんを仲間の誰かに見張らせているのか?」

カランは笑いだし、ブライアンはダニエルをじっと見つめた。「父さん、刑事ドラマの見すぎだよ」

ダニエルはよろめいた。息子たちにばかにされるとは。「母さんのクライアントは泥棒や殺人犯なんだぞ」

「そして母さんは彼らの親友なんだ」ブライアンが言う。「信じてくれよ、父さん。弁護士の死亡率はとても低いんだから」

「二人とも、父さんを助けるつもりはあるのか、ないのか？」

「なにを助けるんだい？」カランがきく。

ダニエルの当初の計画は、アマンダのイメージと仕事を変えることだった。だが、もしいい服飾デザイナーを見つけても、より暮らし向きのいい犯罪者の注意を引くだけだろう。だめだ。これには思いきった行動が必要だ。

「専門を変えるように母さんを説得するんだよ」ダニエルは言った。

息子たちは同時にたじろいだ。カランは実際、悪い霊を撃退するかのように、指を交差させて手を上げた。

「なんとまあ」ブライアンは黒髪の頭を振った。

「どうかしちゃったのかい？」カランがきいた。

ダニエルは大柄で百八十センチ以上ある二人の息子を見つめた。「母さんがこわいなんて言わないでくれよ」

「ああ、こわいとも」カランが言う。

ダニエルは胸を張って腕を組んだ。「父さんよりも母さんのほうがこわいって言うのか？」

二人の息子は信じられないといったようすで鼻を鳴らした。

「父さんは父さん、母さんは母さんだよ」カランは言い、急な斜面をのぼりはじめた。

「僕たちは安全なことをするよ」ブライアンが言う。

カランは同意してうなずいた。「スカイダイビングみたいなことをね」

「ダニエルにはとても気をつかうわ」アマンダは元義姉のカレン・エリオットに言った。二人はアマンダの元義父母の邸宅が立つ広大な地所、〈ザ・タイズ〉のサンルームに座っていた。冬に乳房切除をしたカレンは、ロングアイランドのこの私有地で健康回復に努めていた。天窓を通して太陽の光が差しこみ、堅材の床に反射して、柳細工の家具をおおうクッションのパステルカラーを引きたてている。

「彼がなにかしたの？」カレンがきいた。ハーブティーのカップを手に、彼女は大西洋を見おろすガラスの壁の横で寝椅子にもたれかかっていた。鴎《かもめ》が上昇気流に乗って舞いあがり、遠くの水平線では嵐《あらし》雲が発生している。

「度を越したイメージチェンジを提案してきたの」アマンダはまだダニエルの無神経さにいらだっていた。

「美容整形とか？」

「髪型とか新しい服とかよ。でも、ほかにもなにを考えているか、わかったもんですか」

「ふう」カレンは息を吐き出した。「びっくりしたじゃない。シャロンが完全に彼を堕落させちゃったのかと思ったわ」

アマンダは、ダニエルの最近別れた妻について話すのはうんざりだった。棒のように細く、すばらしく美しいシャロンは、完璧に髪をセットして、常に最新流行の服を着ている女性だ。

カレンは化学療法で失った髪を隠しているカラフルなスカーフに手をすべらせた。「個人的には、いいイメージチェンジなら、したいけれど」

アマンダは信じられないといった短い笑い声をあげた。カレンにイメージチェンジなど必要ない。蜂《はち》蜜《みつ》色の鼻の輝きからペディキュアをした爪の艶《つや》まで、どんな状況でも、彼女は上品でゴージャスだ。

「イメージチェンジは置いておいて、ダニエルに消えてほしいわ」アマンダは言った。

カレンはいきなり寝椅子の上に起きあがり、脚を下ろし、磁器のティーカップをソーサーにのせた。

「まさにそれをしようとしているのよ」

アマンダは喜ぶふりをした。「ダニエルを消すの？」

「イメージチェンジをするのよ。それにダニエルは正しいわ。あなたもいっしょに来るべきよ」

「ちょっと！」ダニエルに外見を批判されるだけでも最悪なのに、カレンまで便乗するなんて。

カレンはそっけなく手を振った。「そう神経質にならないで。私たち、週末を〈エデュアルドズ〉で過ごすのよ。泥パックにフェイシャルに……」カレンは手を胸にあてて、目をくるりとまわしてみせた。

「もう、あの熱い石のマッサージをしてもらえば、新しく生まれ変わったような気分になるわよ」

「生まれ変わりたくなんかないわ。それに、〈エデュアルドズ〉へ行く余裕なんてないの。その熱い石のマッサージを一回してもらうだけで破産しちゃうわ。私にはイメージチェンジなんて必要ないのよ」

「必要性とイメージチェンジはいつから関係があるようになったの？　それに、ダニエルに払わせればいいじゃない」

ダニエルに払わせる？　ダニエルと彼の財産を私の人生に近づけるの？　カレンは頭がどうかしたのかしら？

「ともかく、これは彼のアイデアなのよ」カレンは抜け目なく目を輝かせた。

アマンダはかぶりを振った。「あなたは会話のポイントがずれてるわ」

カレンは強情に笑った。「ずれてないわよ。化学療法で癌《がん》は破壊したけれど、脳みそは破壊されていないわ」

アマンダはアームチェアから身を乗り出すと、カーキ色のパンツの膝の上で手を組み、話のポイントをはっきりさせようとした。「ダニエルの機嫌をとりたくないの。彼にかまわないでもらうために、あなたのご主人に手伝ってもらいたいわ」

カレンはアマンダと同じ姿勢をとった。「あなたがイメージチェンジすれば、ダニエルはあなたをかまわなくなるわよ」

「私がイメージチェンジしたら、ダニエルは私が彼のアドバイスを聞いたと思うわ」

「そんなの、誰が気にするの？」

「私よ。彼は私に弁護士をやめてもらいたいのよ。私がイメージチェンジをしたら、次になにをさせられるかわかったものじゃないわ」

「彼があなたの弁護士資格を剥奪《はくだつ》できるわけじゃないでしょう」

アマンダは黙った。それはそうだ。彼は私に仕事をやめさせることはできない。そうじゃない？　エリオット家は力を持っているけれど、彼らのできることには限界があると信じなくては。

カレンは静寂の中、寝椅子にもたれて大げさなため息をつき、額をてのひらで撫《な》でた。「イメージチェンジをすれば、私はずっと早く回復できると思うわ」彼女はアマンダのほうを向き、大げさに長いまつげをしばたたいた。「でも、実際のところ、〈エデュアルドズ〉に一人で行きたくないのよ」

彼女はひどい病気を経験してきたのだ。そんな彼女が週末のエステティックサロンに行く仲間が欲しいというなら、どうしてそれを断れよう？

「もしイエスと言っても」アマンダは思いきって言った。「ダニエルには内緒よ」もし彼のアドバイスを受け入れたと思われたら、それがどんなアドバイスでも、もう彼をとめることはできないだろう。

カレンの顔に美しい笑みが浮かんだ。「あなたの髪を染めましょう」

「いいえ、それは……染めるべきだと思う？」

「ハイライトを入れたら、気に入ると思うわ」

「いいわ。ハイライトね」

カレンは勢いよくはね起きた。「すてき。私がおごるわ」

「だめよ」アマンダはカレンに責任をとらせるつもりはなかった。

「わかった。マイケルのおごりね。予約しておくわ」カレンは電話に手を伸ばした。

「あなたのご主人も支払わないのよ」

「でも、あなたは——」

「最後の提案よ。私たちは〈エデュアルドズ〉に行って、私は自分の分を支払って、ダニエルにはなにも言わないこと」

「いいわ！　計画を立てましょう」

3

ダニエルは計画的なタイプだ。もちろん、いつもそうだった。だが、今回のは今までの中でも最高の計画だった。

ドアが開き、〈エリオット《E》・パブリケーション《P》・ホールディングス《H》〉のビルの十九階のオフィスにカランが入ってきた。書類の束をダニエルのデスクに投げる。「新しい売り上げ高だよ」

「ありがとう」ダニエルはその報告書をぞんざいに見ただけで言った。

〈レジーナ・アンド・ホプキンス〉に決めるのがおそらく最高の策だろう。会社法を専門とする事務所として評判がいい。アマンダに面と向かって仕事をオファーするのはまずいやり方かもしれないが、その事務所の対価を請求できる時間と利ざやについて、いくつか助言ができるだろう。テイラー・ホプキンスはそういった情報を教えてくれるはずだ。

「先月の数字は危ういね」カランはアイコンタクトをとろうと首をかしげながら言った。「こんな数字でリードできるわけがない」間をおく。「競争のどのあたりにいるのかを知らないのはストレスがたまるよ」

「そうだな」ダニエルはうなずいた。

アマンダは明らかに、企業相手の仕事でどのくらいの金を稼げるかを理解していない。あるいは、金はすべて勤務時間内に稼ぐものだという事実を。もし夜にどこかへ招待されるとすれば、それは美術館のオープニングセレモニーか『ラ・ボエーム』の新作発表だ。

テイラー・ホプキンスは決して、たとえ一度たりとも、真夜中に五十三丁目の留置場に呼び出されて、麻薬ディーラーのために保釈金を用意したことなどないだろう。

「父さん？」

一度たりとも。

「父さん、聞いてるかい？」

ダニエルは目をしばたたいて息子を見た。「なんだ？」

「僕たちはたぶん、この競争に負けているよ」

「おまえは母さんの電話番号を携帯電話に登録してあるか？」

カランは答えなかった。

「まあいい」ダニエルはインターコムのボタンを押した。「ナンシー？　弁護士のアマンダ・エリオットの番号を調べてくれるかい？　住所はミッドタウンだ」

「すぐに」ナンシーの声が聞こえてきた。

「母さんに電話をかけるのかい？」カランがきいた。

「誰かがかけないとな」

「父さん、僕は父さんはちょっと控えて——」

「売り上げ高のことをなにか言っていたな」

「ああ、今度は売り上げ高の話がしたいんだね」

「したくないわけがないだろう？」

カランは目をくるりとまわし、いちばん上の書類の数字を指さした。「これが問題なんだよ」

ダニエルは見おろした。たしかに低い数字だ。

「新しいウェブサイトへのアクセス数はどうだ？」

「増えてるよ」

「定期購読契約はしてくれているわけか」

カランはうなずいた。

「読者統計は？」

「いちばん伸びがいいのは十八歳から二十四歳の層だよ」

「いいね」

「じゅうぶんとは言えないけどね」カランが言った。

インターコムが鳴った。「番号がわかりました」ナンシーの声がした。

「すぐ行くよ」ダニエルは立ちあがり、息子の肩をたたいた。「その調子で、仕事をがんばってくれ」

「でも、父さん……」

ダニエルは隅のコートラックにかけておいたスーツのジャケットをハンガーからはずした。

アマンダの事務所はEPHとは驚くほど違うことに、ダニエルはすぐ気がついた。より小さく、より暗い。EPHのビルには警備員がいるが、アマンダの事務所前のドアは受付に向かって開かれていて、通りがかりの人は誰でも入れるようになっていた。たくさんピアスをつけた、紫色の髪の若い受付係はガムを噛《か》むのをやめ、もの問いたげに首をかしげた。

ルは言った。

「アマンダ・エリオットと話したいんだが」ダニエ

受付係は閉じられた、曇りガラスのオフィスのドアを親指で示した。「ティミー・ザ・トレンチが来ているの。でも、五分かそこらで終わるわ」

「ありがとう」ダニエルは言った。

受付係はピンク色のガム風船をふくらませた。

待合室のビニール張りの椅子に埃《ほこり》やチューインガムがついていないかチェックしたあと、ダニエルは座ってため息をついた。受付係は彼の名前もアマンダとの用件についても尋ねなかった。

ティミー・ザ・トレンチとの面会。

ティミー・ザ・トレンチなんて名前のやつは、どう考えても、まともではない。

十五分後、ダニエルが捨て鉢な気分でライバル会社の半年前の雑誌をぱらぱらめくっていると、トレンチコートを着た背の低い禿《は》げた男がアマンダのオフィスから足を引きずりながら出てきた。

「裁判所に電話をしてくれる？」アマンダが開いたドアの向こうから叫んだ。「ティミーの最新の公判の日を知りたいの」

「了解」受付係が叫び、長い黒っぽい爪で電話番号を押した。彼女はダニエルのほうを向いて、開いたドアのほうを示した。「中へどうぞ」

ダニエルは立ちあがり、雑然と積まれた山に雑誌を戻し、アマンダのオフィスへ向かった。

「ダニエル？」アマンダは顎を上げ、オフィスの椅子に座ったまま、少しうしろに下がった。

「ああ」ダニエルは部屋の中へ勢いよく入っていった。「僕でラッキーだったね」

アマンダはきっと眉を上げた。「あらそう？」

ダニエルは彼女のデスクの向かいにある、型抜きのプラスチック製の来客用椅子に座った。「あの受付係は誰でもここに入れるようだね」

アマンダはダークブラウンの髪を耳にかけた。「いっしょにディナーを食べよう」ダニエルは衝動的に言った。そしてアマンダの表情を見て、作戦を誤ったと気づいた。大胆かつ直球すぎる。まるでデートのようじゃないか。

「会員証を発行するべきかもね」

「ダニエル――」

ダニエルは眉をひそめた。「皮肉だな」

「カランとミスティといっしょに」ダニエルは急いで付け加えた。上司として、息子に同席するように命令できるだろう？　うまくいかなければ、直接ミスティに話そう。家族からの情報によれば、ミスティとアマンダはとても仲がいいと聞いている。

「そう？　どうして？」

ダニエルは背もたれに寄りかかり、スーツのジャケットのボタンをはずした。「自己防衛のメカニズムだよ。君は、僕が正しくて君が間違っているときに、それを使う」

アマンダはペンをとり、二冊のファイルフォルダーと住所録のすき間をとんとんとたたいた。「それで、なにがお望みなの、ダニエル？」

「いつそんなことがあったの？」

「僕たちとディナーを食べよう」

「いくらでもあるよ」

「今すぐってことよ」

「そうでしょうね」

「今？」

アマンダのコーヒー色の目が光ったのを見て、ダニエルは間をおいた。彼女はこういうことが好きだ。いや、〝僕が〟こういうことが好きなのだ。この世界にアマンダほど僕とやり合える人はいない。

「そう、今。わざわざミッドタウンまで来たんでし

アマンダは頭がよく、まったくすばらしい。それはほとんど変わっていない。

よう。なにが望みなの？」

ダニエルはためらった。今ここで本題に入るつもりはなかった。でも、まあ、下地を作っておくのも悪くないだろう。「今朝早くにテイラー・ホプキンスと話したんだ」

「じゃあ、繊細な問題について、彼が私の法的アドバイスを求めているのかしら」

「彼は弁護士だよ、アマンダ」

「知ってるわ。冗談を言っただけよ」

ダニエルは身じろぎした。「ああ、そうだな」

アマンダは立ちあがった。

ダニエルも急いで立ちあがった。

アマンダはファイルの束をすくいあげた。「落ち着いて、ダニエル。私はこれを片づけるだけよ。あなたが話している間、片づけをしてもかまわないでしょう？」

ダニエルはあふれかえっている本棚から机の上、書類が高く積み重なっている戸棚へと視線を走らせた。「もちろん。でも、どうしてミス・ゴシックは――」

「ジュリーよ」アマンダが言う。

「ああ、ジュリーね。どうしてジュリーはファイリングをしないんだい？」

「してるわ」

ダニエルはまた部屋を見まわし、本音を言いたいのをこらえた。

アマンダは彼の視線を追った。「彼女は学習しているわ」きっぱりと言う。

「つまり、以前はもっとひどかったってことか？」

ちょっとためらったあと、アマンダはファイルの束をうしろの広い窓台の上に置いた。「あなた、私のスタッフを侮辱するためにここへ来たの？」

全体を眺められるダニエルの場所から見ると、アマンダはエアコンの送風口をふさいでしまったようだ。八月の、こんなに湿度が高い日に。「彼女はここでどのくらい働いているんだい？」

「二年、二年半――」

「へえ」

「そんなふうに言わないで」

「どんなふうに？」

「ＥＰＨが管理スタッフを、博士号を持った候補者に限定しているからって――」

ダニエルはそのわずかな好機に飛びついた。「僕は君をＥＰＨと比べたりしていないよ」

アマンダは眉を上げげた。

「〈レジーナ・アンド・ホプキンス〉と比べているんだ」

眉がさらに上がった。「どっちが勝ったの？」

「アマンダ――」

「まじめによ、ダニエル。どうして私が〈レジーナ・アンド・ホプキンス〉みたいな、冷たくて、計算高くて、利益の鬼の非人間的な事務所と比べられることになったの？」

おっと。どこからそんな話が出てきたんだ？　ダニエルは元妻を見て、目をしばたたいた。

「どうして君はいつも効率や利益を汚い言葉のように扱うんだい？」

「なぜなら、〝効率〟っていうのは、あなたは注意深く表現しているけれど、人間を利益製造機として扱うための言い訳だからよ」

ダニエルはしばらく頭の中でそれについて考えた。「人間は利益を生むものだよ。いい人材を雇い、それに見合う給料を支払えば、会社のために金を稼いでくれる」

「で、誰がいい人材だって決めるの？」

「アマンダ――」

「誰が決めるの、ダニエル？」

ダニエルは黙り、これは引っかけ問題なのかどうかと考えた。「人事部だよ」思いきって言ってみた。

アマンダはオフィスのドアを指さし、激しさの増した声で言った。「ジュリーはいい人よ」

「わかってるよ」ダニエルはうなずき、引きさがる必要があると気がついた。二人の議論はすぐにエスカレートするので、会話を穏やかに保つのはむずかしかった。

「彼女は世界一のタイピストでもファイリング上手でもないかもしれないわ。それに、EPHの社員の選別の基準を超えることは決してないでしょうけど、とてもいい人よ」

「わかっているって言っただろう」ダニエルはアマンダに座るよう身ぶりで示しながら、なだめるような声で繰り返した。

アマンダは息を吸いこみ、椅子にどすんと座った。

「彼女はチャンスを与えられるに値するわ」

ダニエルも座った。「どこで彼女を見つけたんだい？」

信頼できる人材会社からの紹介でないのはたしかだ。

「元クライアントなのよ」

「犯罪者なのかい？」

「犯罪者だと告発されただけよ。ダニエル、逮捕されたからって、犯罪者だとは限らないでしょう」

「なんで告発されたんだい？」

アマンダは一瞬、唇をすぼめた。「横領よ」

ダニエルは驚いてアマンダを見つめた。「横領だって？」

「聞こえたでしょう」

ダニエルは立ちあがり、小さな部屋の中を数歩歩き、なんとか平静を保とうとした。「君は自分の法律事務所を運営するのに、〝横領犯〟を雇ったのかい？」

「告発されただけだって言ったでしょう」

「無実だったのか？」

「情状酌量の余地があって――」

「アマンダ！」

身構えるように、アマンダの目が鋭くなった。

「あなたにはなんの関係もないことだわ、ダニエル」

ダニエルは座り、前かがみになった。「君にはやさしいところがあるからね。いつもそうだった」

アマンダはデスクに身を乗り出し、まっすぐに彼の目を見つめた。「〝やさしいところ〟っていうのが、怠け者よりも人を見る目があるという意味なら、そのとおりよ」彼女は指を組み合わせ、喧嘩《けんか》の前にウォーミングアップをするかのように、その手を前に伸ばした。「私の雇用行動を批判したいの？　ちょっとあなたのを検討してみましょうよ」

「うちの従業員たちは最高だよ」ダニエルは言った。

「そう？　あなたの従業員の何人かについて話して」

「僕の秘書のナンシーは経営管理学の学位を持っていて、コンピューター化されたオフィスのツールを使う達人だよ」

アマンダはまたペンをとり、リズミカルにデスクをたたいた。「彼女に子供はいるの？」

「知らない」

「結婚は？」

ダニエルは考えた。「していないと思う」ナンシーに残業させるのに支障があったことはない。もし夫や家族がいたら、もっといやがっただろう。

「ここで突然クイズよ、ダニエル。従業員の配偶者の名前を言ってみて。どの従業員でもいいわ」

「ミスティ」

「それはずるいわ」

ダニエルはにやりとした。「どの従業員でもいいって言ったじゃないか」

「なにがあなたの問題かわかる？」

「君より賢いことかい？」

アマンダはダニエルに向かってペンを投げた。

ダニエルはひょいと身をかわした。

「あなたには魂がないってことよ」アマンダは言った。

どうしたわけか、その言葉は必要以上に強くダニエルの心に突き刺さった。「それは問題だな」彼は静かに言った。

アマンダは彼の表情を見てひるんだが、すぐに持ち直した。「あなたは近視眼的にビジネスと生産性と利益に焦点をあてすぎていて、世界は人間でいっぱいだってことを忘れているのよ。あなたの従業員には彼らの人生があるの。彼らはあなたの人生のエキストラじゃないのよ」

「彼らには彼らの人生があることはわかっているよ」

「抽象的な意味では、そうね。でも、あなたはその人生についてなにも知らないわ」

「なにが言いたいのか、わからないよ、アマンダ」

アマンダはかぶりを振って、デスクの引き出しを開け、ごちゃごちゃになっている中身に意識を移した。「もちろん、言いたいことはわからないでしょうね」彼女はつぶやいた。「あなたはシャロンを雇ったんだもの」

「おいおい」ダニエルの肩が緊張した。元妻は今なんの関係もない。「それは関係のない話だろう」

「どう関係ないの？」

「僕はシャロンを〝雇って〟なんかいない」ダニエルは立ちあがった。「来るべきじゃなかったよ」アマンダを怒らせるつもりではなかったのに。それにもちろん、シャロンの話などするつもりもなかった。

彼女は永遠に僕の人生から出ていったんだ。

「なぜ来たの、ダニエル？」

「シャロンの話をするつもりじゃなかった」

アマンダはうなずいた。「もちろんそうでしょう」

ダニエルの好きなコーヒー色の目がやさしくなった。

「ごめんなさい。彼女が恋しい？」

「離婚したんだよ」

「でも、まだ――」

「シャロンに未練はない。一秒たりとも、十億分の一秒たりともね」

ダニエルはため息をついた。そもそもシャロンのなにに惹《ひ》かれたのだろう？　父が結婚を支持していたが、それがすべてではない。

当時、ダニエルはアマンダを失った痛手から回復しつつあるところだった。もしかしたら、結婚相手は誰でもよかったのかもしれない。シャロンなら、より安全な妻になると思ったのかもしれない。彼の住む世界を知っていて、彼の与えられないものは期待しない妻。

アマンダとは違って。

「ダニエル？」アマンダの声が彼のもの思いをじゃました。

ダニエルはアマンダの顔を見た。彼女が近づいてきて、香水の香りがした。「なんだい？」

「いつってきいたの」

「いつ、なにが？」

アマンダの口元に辛抱強い笑みが浮かんだ。「カランとミスティとのディナーよ」

ダニエルはアマンダの笑みを見つめた。彼女は今でもとても美しい。ふっくらした唇、艶《つや》のある髪、底知れぬほど深い瞳。

ダニエルは一方の足からもう一方の足へ体重をかけ替えた。「ああ。金曜日の八時に〈プレミア〉で」

「わかったわ」

「よかった」ダニエルはふいにアマンダの髪に触れたい衝動に駆られた。いい香りのするシルクのようなやわらかい髪に指をすべらせるのがいつも好きだった。世界で好きなことの一つだ。

そしてダニエルは彼女の髪に触れた。抑えがたい衝動と闘うのをやめ、すっと手を伸ばした。彼の指が髪の香りを解き放ち、一瞬にして十六年前に引き戻される。

「君を助けようとしているんだよ、アマンダ」

アマンダは息を切らしたような声で言った。「助けなんていらないわ」

「いや、いるよ」ダニエルは彼女の額に軽くキスをした。「そしてラッキーなことに、僕は役に立てる」

ダニエルのうしろでドアがばたんと閉まり、アマンダは体を支えるためにデスクの角をつかんだ。

〝僕は役に立てる〟

どういう意味かしら？〝僕は役に立てる〟って。

それに、どうしてキスなんかしたの？

いいえ、実際に唇にキスをされたわけではない。でも、彼は――。

「アマンダ？」オフィスのドアが開き、ジュリーが部屋の中に頭を突き出した。眉を上下させ、秘密めいた笑みが暗い紫色の唇に浮かんでいた。

「で、あのいい男は誰？」

アマンダはぼんやりとジュリーを見つめた。

「今、帰った人よ」ジュリーは説明した。

「ダニエルのこと？」

「そう」ジュリーは気絶しそうなふりをした。「うるわしのダニエルよ」

「私の元夫よ」

ジュリーは息をのんだ。「なんですって？　あなた、あの人と結婚してたの？」

「ええ」

「別れるなんて、なにを考えてたの？」

「彼は堅苦しくて、うぬぼれやで、支配欲が強いと思ってたわ」

「そんなこと、誰が気にするっていうの？」

「私よ」アマンダはジュリーに言った。

ジュリーはかぶりを振り、大げさなため息をついた。「どれも彼らしいと思うけど。で、彼はなにを求めたの？」

アマンダはこめかみを指で押さえた。「私の人生を仕切ることよ」

「させなかったの？」

「ただの一度も」

「また彼に会うの？」

「いいえ」まあ、金曜日のあとは。それに金曜日は数に入らない。カランとミスティがいっしょなのだから。

ジュリーは肩をすくめた。「わかったわ。二時の約束の人が来てるわよ」

アマンダはちらりと腕時計を見た。「もうすぐ二時半じゃないの」

「じゃまをしたくなかったから」

アマンダはジュリーをドアのほうへやさしく押しやった。「彼はお金を払ってくれるクライアントなのよ。じゅうぶんじゃましてるわ」

ジュリーは目をみはり、肩ごしに振り返った。

「あなたがデスクの上でうるわしの君に飛びかかるかと思ったから」

「ええ、そうね」アマンダは脈が速くなるのを無視して言った。

ジュリーはくすくすと低く笑った。「私なら、そうしたわ」

4

アマンダは、クローゼットのいちばん奥から〈チャイケン〉の赤いシルクのドレスがかかったハンガーをはずした。数年の流行遅れは気にしなかった。気になったのは、ダニエルと同じ部屋で夜を過ごすのに、きわどすぎないかということだった。

次に、Vネックの〈ヴェラ・ウォン〉の服をじっと見つめた。だめだ。ラスベガスっぽすぎる。

それから眉をひそめて、スパンコールの〈トム・フォード〉の服を見た。これもだめ。お姫様っぽすぎる。

十年前の、多色使いの〈ヴァレンティノ〉の服がラックに残った最後の一枚だった。着やすさを考えれば、望ましいものからはほど遠い。ストラップレスで、胸を正しい位置にキープするためには拷問のような下着をつけなくてはならない。しかし、美しいオレンジと黄色と赤の縞《しま》の入ったシルクで、体にぴったり合っており、流れるようなスカートと波打った裾《すそ》はとても見栄えがした。

エレガントで、ニューヨークのおしゃれは黒という基本に屈することもない。

アマンダは腕時計をちらりと見た。あら、いけない。よかれあしかれ、着ていく服はこれだわ。

服をベッドにほうり出し、シャワーへ向かう。留守番電話のランプが点滅していたが、無視した。書類を読むためオフィスに長居しすぎて、今、髪を洗い、薄化粧をして、拷問のような下着に縛られるまでに五分しかない。

シャンプーの途中で、靴も必要なことを思い出した。ストラップが交差しているあの華奢《きやしや》なゴールドのサンダルが。

玄関のクローゼットにある……たぶん。

化粧はもういいわ。

アマンダはシャワーの下に頭を突き出し、頭皮に爪を立てて思いきりこすった。そして蛇口を締め、タオルで肌をふき、玄関へ向かった。

クローゼットの前でふわふわのカーペットに膝をつき、雑然と置かれた靴の山の中をごそごそとさがす。黒、ベージュ、フラットシューズ、スニーカー……。

あった。華奢なゴールドのサンダル。とりあえず、片方は。

アマンダはもう片方をさがし、運よく見つけた。

それをドアのほうへ投げ、急いで部屋へ戻る。

ブラジャーのホックをとめ、そろいのパンティをつける。今朝、脚の毛を剃《そ》っておいてよかった。最近、毛の処理についてはあまり熱心ではないのだ。

腰をゆすって服に体を包み、ファスナーが楽に上がったので、とにかくほっとした。バスルームで髪を梳《と》かしてから、廊下でサンダルをはいて、やっと準備完了だ。

バッグ。

もうっ。アマンダはベッドルームへ駆け戻り、イブニングバッグをつかんだ。ドレッサーでガーネットのピアスを見つけ、穴をあけた耳たぶに通した。

さて。

これでいいはずよ。

髪はタクシーの中で乾くわ。

アマンダは鍵《かぎ》をつかみ、玄関へ向かった。

「ミズ・エリオット？」階段の下にとまっている車体の長いリムジンの横で、制服姿の運転手が待っていた。

アマンダはよろめいた。「はい？」

運転手は華麗な身ぶりで後部座席のドアを開けた。

「ミスター・エリオットからのプレゼントです、マダム」

アマンダは車を見つめた。

「電話のメッセージを聞いていないならすまない、とおっしゃっていました」

アマンダは最初、リムジンをダニエルに送り返そうかと思った。だが、心の中で肩をすくめた。なぜ腹いせにタクシーを追いかけなくちゃならないの？

彼女は運転手にほほえみかけ、歩道を渡った。

「ありがとう」

「どういたしまして」運転手はうなずいた。

アマンダは中のミニバー、テレビ、三台の電話、そしてビデオゲームのコントローラーをちらりと見た。こんなに贅沢《ぜいたく》な車に乗るのはほんとうに久しぶりだ。運転手のほうを振り返る。「ヘアドライヤーがあるとは思えないわね」

運転手はにっこりした。「残念ながら。もう少しお待ちしましょうか？」

「いいえ、けっこうよ。もうすでに遅れているし」

「女性の特権ですよ」

アマンダは首を横に振り、車に乗りこんだ。「ありのままの私を受け入れてもらわなくちゃ」

「きれいですよ、マダム」運転手は如才なく言った。

「ありがとう」アマンダは答え、ベンチシートでくつろいだ。「それから、迎えに来てくれてありがとう」

「どういたしまして」運転手はドアを閉めた。

リムジンはすべるように縁石から離れた。弱い紫色の光が周囲を照らし、隠れたスピーカーから静かな音楽が流れてきた。

「ミスター・エリオットが、レストランの件でごちゃごちゃして悪かったとおっしゃっていました」運転手は続けた。

「ごちゃごちゃって？」アマンダは背筋を伸ばして

尋ねた。

「〈プレミア〉の予約がとれなかったそうです」

アマンダは笑みを隠した。エリオット家の人間が支配人に断られるですって？　ダニエルは荒れ狂ったに違いないわ。

「じゃあ、どこへ行くの？」アマンダはきいた。

「ミスター・エリオットのアパートメントです」

「彼のアパートメント？」

運転手はバックミラーごしにうなずいた。「そうです、マダム」

アマンダは腹部にてのひらをあてた。ふう。オーケー。深呼吸よ。なんとかなるわ。

ミスティとカランが緩衝材になってくれるだろう。それにたぶん十二人くらいのキッチンスタッフがいるだろうし。ダニエルと二人でバルコニーかどこかでくつろぐわけじゃないんだから。

デートじゃないのよ。

彼はキスをしたけれど。

額だもの。

でも、彼の唇が肌に触れたわ。

アマンダはかがんで両手で頭をかかえた。

「マダム……」

アマンダは背筋を伸ばし、顔から湿った髪を払った。「大丈夫よ。なんでもないわ」

私はダニエルのアパートメントに行く。ディナーを食べる。息子と新しい義理の娘とおしゃべりをして、もしかしたら赤ん坊がおなかを蹴《け》るのを触らせてもらって、そして、やっかいなことになる前に帰るのよ。

簡単だわ。

事態はアマンダが思っていたよりも早く、やっかいなことになった。

「ミスティは気分がよくないらしいんだ」ダニエル

は言い、天窓のある玄関ホールの、オーク材のドアを閉めた。

「じゃあ、あの子たちは来ないの？」アマンダは手遅れになる前に飛び出すべきだろうかと考えながら、出口をちらりと見た。

「背中が痛むらしい」

ミスティの健康は、もちろんディナーより大事だが、アマンダは息子たちの存在を頼りにしていた。ダニエルと二人きりの夜は、今の彼女には手に余った。「どうして電話してくれなかったの？」

「したよ。メッセージを残したんだが」

「じゃあ、どうして車をよこしたの？」

「メッセージは場所が僕の家に変更になったってことで、君は来なくていいってことじゃなかったから」

「でも……」

ダニエルは、低いところにあるリビングルームへ続く短い階段のほうを示した。「どうぞ、入って」

アマンダはためらった。だが、おびえているように見せずに立ち去る方法はなかった。それに、おびえているわけではなかった。正確には。

「アマンダ？」

アマンダは景気づけに深呼吸し、決意を固めて短い階段を下り、アイボリー色のカーペットへと足を向けた。

部屋は豪勢そのものだった。メゾネット形式で、彫像と抽象画の油絵が飾られている。キャメル色のソファには、ワイン色と濃紺のクッションがいくつも置かれていた。その横には三脚のアームチェアがあり、会話の場を作っている。

高い天井には照明がうめこまれていた。白い大理石の暖炉の上にはモネの絵がかけられ、両わきの壁の窓からは公園を見おろせる。

家具はぴかぴかに輝き、フラワーアレンジメントはいきいきしている。ライフスタイルを撮影するために写真家の一団が来ても、なに一つ手を入れる必要はなさそうだ。

「さっき、テイラー・ホプキンスにでくわしたんだ」ダニエルは言い、広い部屋を横切って、曲線を描く桜材のバーカウンターへ向かった。

「そうなの？」アマンダは注意深く一歩前へ出た。いくらダニエルの部屋とはいえ、清潔すぎる。テーブルには雑誌の一冊もなく、新聞もなく、埃《ほこり》もなく、カーペットに足跡すらない。シャロンの影響だろうか。それとも、彼は潔癖症かなにかに陥っているのかしら。

ダニエルはラックからワイングラスを二つとった。

「予定はないって言うから、ディナーに誘っておいたよ」

アマンダの視線はぱっとダニエルの背中へ向いた。

「誰をディナーに招いたですって？　いつ？」

「テイラーだよ」

「なぜ？」

「とくに予定はないって言うから」

テイラーに予定がない？　ダニエルが火曜日に言っていたのと同じテイラーかしら？　完璧《かんぺき》な弁護士の例に挙げていたのと同じテイラー？

「なにをたくらんでいるの？」アマンダは用心深く尋ねた。

「ワインを開けようとしているんだよ。飲むだろう？」

「ミスティが電話をかけてきたあとに、偶然テイラーにでくわしたって言うの？」ダニエルの生活に行きあたりばったりのところがあるとは、アマンダは信じられなかった。

ダニエルの肩がこわばった。「〝カラン〟からの電話のあとだよ」彼は訂正した。そしてリラックスし、振り向いてアマンダのほうを見た。「メルローでいいかい？」

「ダニエル、なにが起こっているの？」

ダニエルはワインのボトルにコルク抜きをねじこみながら肩をすくめた。「なにも起こっていないよ」

あらそう。「テイラーがディナーに来ることになったほんとうの理由はなに？」

「スチュアートがすでにサーモンを手に入れていたのと、君と僕が二人きりになってしまうからだよ」

ダニエルはコルクを抜いた。

二人きり？　もし二人きりなのが問題なら、なぜキャンセルしなかったのだろう？

白いジャケットを着た男性が部屋に入ってきた。

「お飲み物の準備をいたしましょうか？」

「ありがとう」ダニエルは言い、完璧に身づくろいをした紳士に開けたボトルをゆだねた。

「日程を変更することもできたじゃないの」アマンダは言った。


「じゃあ、誰がサーモンを食べるんだい？」

アマンダは目を細めた。このわかりやすい言い分にはなにかしら疑わしいところがあるが、彼女にはそれがなんなのか特定することができなかった。

「ディナーの前に部屋を案内しようか？」ダニエルは気楽に言った。その目になにかたくらんでいるような光はない。

私の誇大妄想かもしれない。ダニエルは私の生活に干渉しようなんて計画は立てていないのかもしれない。彼の好奇心を過大評価していたのかも。

「そうね」アマンダはゆっくりと同意した。

白いジャケットの男性が、二人にメルローの入ったグラスを手渡した。

「ありがとう、スチュアート」ダニエルが言った。

「ありがとう」アマンダも繰り返す。

「ディナーは一時間後でよろしいですか？」スチュアートがきいた。

「いいよ」ダニエルは答えた。そしてアマンダの腰に軽く手をあてた。「二階から始めよう」

アマンダは努めてリラックスして、インテリアを見てまわった。部屋は蜜蝋《みつろう》とレモンのつや出し剤の香りがした。階段をのぼりながら、輝く手すりに慎重に指をすべらせる。

二階に着くと、ダニエルはリビングルームを見渡せる廊下のほうへアマンダを案内した。

「あなたの家はとても……きちんとしているわね」アマンダは言った。

ダニエルの声には含み笑いが聞き取れた。「どうしてほめ言葉じゃないような気がするんだろう?」

「知らないわ」アマンダは嘘《うそ》をついた。

「散らかっているほうが好きなのかい?」

アマンダは魂のある部屋が好きだった。「まあ、私の家は明らかにここより散らかっているわね」

ダニエルはドアを開け、明かりのスイッチを入れた。「ここは書斎だ」

アマンダはまたもや清潔な部屋を見つめた。アンティークのテーブルをはさんで、革張りの二人掛けのソファが向かい合っている。角には読書机とひし形の房飾りのついた椅子。照明付きの海水魚の水槽が床から天井までの書棚にはめこまれている。木材の色は深みがあり、リビングルームと廊下の抑えた中間色とは対照的だ。

「ミスター・エリオット?」スチュアートが戸口に現れた。「お客様がいらっしゃいました」

「ありがとう」ダニエルはアマンダにほほえみかけ、書斎のドアのほうを身ぶりで示した。「テイラー」

彼は手すりごしに挨拶《あいさつ》した。「来られてよかった」

「逃せないさ」テイラーは答え、ダニエルといっしょに階段を下りるアマンダにほほえみかけた。「アマンダ」テイラーは手を差し出して言った。

アマンダも手を伸ばして握手をした。

「覚えていないかもしれないが」テイラーはアマンダの手を温かく握りながら言った。「パーティで一度会っているんだよ。カレンとマイケルが紹介してくれた」

「〈リッツ〉ね」アマンダは覚えていた。あの夜、彼は礼儀正しく、親しみにあふれていた。快活な笑みと丁重なマナーを見ていると、彼が冷たく感情のない利益主義者だということを忘れそうになった。

「覚えてくれているんだね」テイラーは少年のような笑みを浮かべ、握手した手を離さなかった。

「メルローでいいかい?」ダニエルがきいた。

テイラーはゆっくりとアマンダの手を放したが、彼女の目を見つめつづけた。「もらおう」

ダニエルは、テイラーのアマンダに対する興味を気にしないようにした。そう、僕はただビジネスの話をするために彼を誘ったのだ。崇《あが》めるようにアマンダの目を見つめるためでも、彼女がなにかジョークらしきことを言うたびに、楽しそうにくすくす笑うためでもない。

そんなことを気にしてはいられない。

今も、テイラーが立ちあがり、実にさりげなくアマンダに送っていこうと申し出ると、ダニエルは言いたいことをこらえて、歯を食いしばった。彼女が受け入れるなら、僕の知ったことではない。

アマンダはダニエルをちらりと見た。

ダニエルはわざと無表情を守りつづけた。

「ありがとう。でも、けっこうよ」アマンダはテイラーに言った。

テイラーは平然とその答えを受け入れた。

ダニエルは飛びあがりたいのを抑えて、玄関までテイラーを見送った。アマンダとほかの男との関係なんて重要ではない。当初の目標に集中しなくては――彼女の仕事を変えさせるのだ。

ダニエルは、来てくれてありがとう、とテイラーに誠実に礼を言った。

リビングルームに戻ると、アマンダはソファでまるくなって、二杯目のコーヒーをすすっていた。

「楽しんでくれたならいいんだが」ダニエルは彼女の向かいのアームチェアに座り直した。

「彼の仕事の細かい話はとてもおもしろかったわ」アマンダは言った。

ダニエルは彼女の目を見た。「おもしろいのはわかっていたよ」

「企業の顧問弁護士の仕事があんなに簡単であんなにもうかるなんて知らなかったわ。それに……」アマンダは指を鳴らした。「テイラーの話を聞いていると、どうして私は仕事のすべてを犯罪者の弁護に捧《ささ》げてきたのかしらと思わされたわ」

ダニエルはあまり興味を持っていないかのようにふるまった。「そうなのかい?」

アマンダは力強くうなずいた。「考えてみて。すぐに企業の顧問弁護士になっていたら、今ごろ新車のメルセデスに乗っているわよ」

「そうだろうね」ダニエルは同意し、いかにも思慮深げにうなずいた。明日、テイラーにもう一度礼を言わなくては。彼はまさに適切なことを言ったのだ。

「それに、毎朝寝坊ができて、クライアントから最高の劇場のチケットがもらえて、五番街で服を買うのよ」

ダニエルは肘掛けに腕をのせ、あまり熱心になっているように見えないよう努めた。「『スナップ』は喜んで君に仕事をまわすし、一流の推薦状を書くよ」

アマンダは頭をすばやく上下させた。「それは助かるわ。それに、アップタウンのオフィスもさがしてくれるんでしょうね」

「もちろん」実のところ、ダニエルは会話の流れに驚き、そして喜んでいた。

「それからバンを借りてくれて、私のファイルを梱《こん》包《ぽう》してくれるかもね」

「喜んで手伝いを――」

「ふん、あなたはきっと誰かを雇って、私の今のクライアントたちを吹っ飛ばすんでしょう」

おっと。アマンダのコーヒー色の目が輝きだし、ダニエルの気分は少し沈んだ。「僕は……」

「そして新しい受付係をさがしてくるのね」

ダニエルは自分がこのうえない愚か者のような気がした。「僕をからかっているんだね?」

アマンダは立ちあがった。「もちろん、からかっているわ! ほんとうにこんな計画がうまくいくと思っていたの?」

ああ、実はね。ダニエルは立ちあがった。「僕は――」

「あのテイラー・ホプキンスはワンマンで無理強いをする人よ」

オーケー、救済タイムだ。なんと言おう? なにをしよう?「僕はただ――」

「はい、はい」アマンダは手を振った。「あなたはただ、私のことを考えていただけよね。どうなの、ダニエル? カランとミスティはほんとうに招待されていたの?」

ダニエルはひるんだ。またそのことを持ち出してくるとは思っていなかった。二人を誘うことも考えたが、テイラーに直談判するほうがシンプルに思えたのだ。

アマンダは両手を腰にあてた。「ほらね。私の人生はほうっておいてくれない? 私はじゅうぶんちゃんとやっているから、おかげさまで」

「でも――」

「〝でも〟はなしよ」アマンダは人さし指でダニエルを突いた。「もうやめてちょうだい」

「わかった」少なくとも一時的には。

アマンダは手を下ろし、驚いた表情を見せた。

「ほんとうに？」

ダニエルは肩をすくめた。「ああ」今夜、彼女と議論をしても、どうなるものでもない。

アマンダはきびきびとうなずいた。「いい選択だわ」そして声を落としてつぶやいた。「〝あなたの〟生活はあまりうまくいっていないようね」

「どういう意味か説明してくれないか」

「まわりを見てごらんなさいよ」アマンダは手ぶりで示した。

ダニエルはあたりを見まわしたが、目についたものは――率直に言えば――とてもきちんとしていた。

「これのどこがうまくいっていないんだい？」

「清潔なの。完璧なのよ。あなたの生活には命がまったくないわ。あなたにはプロの助けがいるんじゃないかと思いはじめたところよ」アマンダは言った。

しばらくダニエルは口がきけなかった。彼女が僕の心配をしている？

「生活が荒れているのは君のほうだろう」彼は指摘した。

「少なくとも、私は自分の欲しいものはわかっているわ」アマンダは言い返した。

「僕もなにが欲しいか、はっきりわかっているよ」

「それはなに？」

ダニエルはもっとも簡単な答えを選んだ。「〈エリ《E》オット・パ《P》ブリケーション・ホ《H》ールディングス〉の最《C》高《E》経《O》営責任者になることさ」

「ほんとうなの、ダニエル？」

「もちろんさ」アマンダのしなければならないことのリストの中に成功という文字がないからといって、彼のリストにもないことにはならない。「君の話に戻らないか？」

「いいえ。問題があるのは私じゃないもの」

ダニエルはあざけるように笑った。「僕は君のオフィスを見たんだよ」

アマンダもあざけり返した。「私はあなたのアパートメントを見たわ」

ダニエルは口を開けたが、間をおいた。あるアイデアが心の中に芽生えた。彼女は僕のアパートメントにこだわっているようだ。作戦を実行する余地があるかもしれない。ある種の取り引きだ。交換。このアパートメントと彼女のオフィス。

「君なら、なにを変えるか、言ってみてくれ」ダニエルは言った。

アマンダの目が細くなった。

ダニエルは近づいて、声を落とした。「ほんとうに。言ってくれ。君のアドバイスを受け入れる準備はあるよ」

「いいえ、ないわ」

「いや、あるとも」ダニエルはまた少し近づいた。僕がアドバイスを受け入れたら、彼女も僕のアドバイスを受け入れなければという気になるかもしれない。「はっきり言ってくれ、アマンダ。聞き入れるよ」

アマンダはしばらく黙っていたが、その目つきに哀れみが浮かんだ。「わかったわ。はっきり言ってほしいの？　あなたは感じるのをやめたのね」

「感じるってなにを？」

「すべてをよ」

それは明らかに間違っていた。とくに今は。とくに今この瞬間は。

アマンダは小さな手をダニエルの肩に置き、彼の筋肉はその温かさの下で収縮した。「感じて」アマンダがうながす。

「感じているよ」ダニエルはかすれた声で言った。

すると、アマンダの目はコーヒー色になり、彼女は爪先立ちになった。頭を傾け、ふっくらしたルビー色の唇を開いて、彼の唇に重ねた。

思い出で頭がいっぱいになった。熱望、情熱、欲望。ダニエルは一瞬にして数十年前に戻った。両腕をアマンダにまわし、引き寄せる。頭を傾けてキスを返し、なつかしい香りを吸いこんだ。

ダニエルはアマンダのやわらかく湿った口を堪能《たんのう》した。彼女の体は彼の脳にすりこまれており、それを思い出しながら、背中の線に沿って両手で撫《な》でおろした。ああ、どんなにこれを求めていたか。どんなに彼女が恋しかったたか。

ダニエルは体の細胞一つ一つが息を吹き返すのを感じた。色と感情が万華鏡のようにぐるぐるまわっている。

ダニエルは唇を移動させ、アマンダは両腕を彼の首に巻きつける。彼女の息が肌にかかり、ダニエルは気が変になりそうだった。彼女の中で我を忘れたい。服を引き裂き、彼女を寝かせ、ふかふかのカーペットの上で、かつてたがいの中に見ていた愛のすべてを再体験したい。

アマンダの小さなうめき声が唇に伝わる。

ダニエルは、君が欲しい、とても、あまりにも、とささやいた。

アマンダはそれを聞いて、身を引き、明らかに困惑したように大きな茶色の目をしばたたいた。頬は赤く染まり、唇は腫《は》れ、くしゃくしゃの栗《くり》色の髪には差しこむ光で輪ができていた。

かつてこれ以上魅力的な女性はいなかった。一人も。

でも、彼女は僕のものではない。

ずいぶん長い間、僕のものではない。

ダニエルは無理やり彼女を放した。

「すまない。僕にはなんの権利も……」

なんと言っていいのかわからない。ダニエルは我を忘れたことはなかった。思いどおりに自制できるのだ。

皮肉な半笑いがアマンダの顔に浮かんだ。「あやまらないで。私たちは進歩しているのよ。あなたはなにかを感じたんだから」

ダニエルは両腕を下ろし、彼女から完全に離れた。

「これは〝セラピー〟なのか?」

アマンダは肩をすくめた。「もちろんよ」

ダニエルの中のなにかが凍りついた。それが彼女とのキス? 彼女の議論の要点? 僕は一人で思い出にひたっていたのか?

そう、僕は彼女の仕事を変えさせたい。だが、僕のできることには限界がある。そして、もうその限界に達したようだ。

5

リムジンがすっと往来に出ると、アマンダはなめらかなヘッドレストに頭をあずけた。ダニエルへのキスはセラピーだった。

思い出の増強。

アマンダにとっては。

信号が青に変わり、リムジンがスピードを増すと、アマンダはため息をついて思い出にひたった。ダニエルとの初めてのキス——卒業記念ダンスパーティ《プロム》の夜。

当時、アマンダは男の子にまつわりつくタイプというよりは、奥手なほうだった。土曜日の夜は派手なパーティに行くより、写真クラブや社会活動のオフィスにいるほうが多かった。だから、友人のベサニーが〈リバーサイド〉のプレジデンシャル・スイートで開かれる、ロジャー・ドーソンのプロムのあとのパーティへの招待状を手に入れたときには、その機を逃すつもりはなかった。

パーティは大にぎわいだった。うるさい音楽、なにか苦い酒をまぜた強いパンチ、飛び交うスナック。アマンダは早々にベサニーとはぐれていたので、ドアのあたりに一人で立っているダニエルを見つけたときには、ちょっと知っている顔を見て、どきどきした。アマンダは踊っているカップルたちやおしゃべりをしている友人のグループを押しのけながら、ダニエルのほうへ進んでいった。

ダニエルとは、アマンダが彼の友人と付き合っていたその年の初めごろに、何度か会ったことがあった。彼はいつもいい人だったたし、誰とでも知り合いだった。もしアマンダが運がよければ、彼が誰か紹介してくれるかもしれないし、そうすれば、ばかみたいに、一人できょろきょろしながら立っていなくてもすむかもしれない。

「こんばんは、ダニエル」アマンダは二人の人間にはさまれた腕をぐいと引き抜いて、息をついた。

「アマンダ」ダニエルは振り向き、温かい笑みで彼女を見おろした。「君が来ているなんて知らなかったよ」

「ベサニーといっしょに来たの」アマンダは二十分前にベサニーが消えてしまった方角をあいまいに示した。

「エリオット?」人込みの中から誰かが叫んだ。

「ああ?」ダニエルが叫び返す。

「部屋をとってあるんだろう?」

ダニエルはうなずいた。でも、アマンダは背が低すぎて、彼が誰と話しているのか見えなかった。

「アイスバケットとグラスがいくつかいるんだ」そ

の男性が叫んだ。

「部屋からとってくるよ」ダニエルが答える。

アマンダの心は沈んだ。やっと話し相手が見つかったと思ったら、行ってしまうなんて。

ダニエルはまたアマンダのほうを見た。「いっしょに来て、手伝ってくれるかい？」

「ええ」アマンダは即答した。

「じゃあ、行こう」

ダニエルは肘で人を押しのけながらドアへ向かい、二人は涼しくて静かな廊下に出た。

「いちばん端だよ」ダニエルが言う。

「運転して帰りたくなかったの？」アマンダはただ会話を続けるためだけにきいた。

ダニエルはちょっと照れたようにくすっと笑った。

「兄のマイケルが部屋をとったんだ。もしかしたら僕に運がめぐってくると思ったんだろう」

アマンダはセックスについて話すことに慣れていなかった。とくに男性と。ましてや、チアリーディング部の半分の女生徒とベッドをともにしたであろうハンサムなスポーツマンとなんて。彼女は頬が熱くなってきた。

アマンダが答えないので、ダニエルは見おろした。

「あれ、ごめんよ」彼は親しげに肩で彼女を突いた。

「品がなかったな」

アマンダは首を横に振り、ダニエルの友人のように洗練されていないことを恥ずかしく思った。「いいえ、そんなことないわ」

「そんなことあるよ。ここだ」ダニエルは立ちどまり、鍵《かぎ》を開け、ドアを大きく開いた。

アマンダは五つ星ホテルの中に入ったことがなかった。プレジデンシャル・スイートも、人込みではほとんど見ていない。今、彼女はあからさまに驚いたように目を見開いて部屋を見渡した。ワイン色のソファ、鏡張りの壁の前には曲線を描く木製のバーカウンター、ベッドルームと、羊歯《しだ》の茂った出窓のあるジャグジーのついた小部屋へ続くフレンチドア。

二人のうしろで、ドアがばたんと閉まった。

「どうぞ、ゆっくり見ていて」ダニエルは言い、玄関のテーブルに鍵を置いた。「ちょっと時間がかかるから」

「まあ」アマンダは世慣れたふりもせず、豪華な部屋を見た。「マイケルは、あなたがいい運に恵まれるかもしれないと思ったのね」

ダニエルはカウンターのうしろでくすくす笑った。「マイケルは家族の中でも楽観主義者だからね」

アマンダはオーク材のコーヒーテーブルをちらりと見おろしながら、二つのソファの間をぶらぶら歩いた。テーブルの真ん中には新鮮な花が生けられていて、片端には高級チョコレートの皿、もう一方の端には雑誌が並べてあった。

いちばんおもしろかったのは、カラフルなボタンがたくさんついた長方形の装置だった。「あれはリモコン?」アマンダは尋ね、その装置を取りあげてテレビのほうに向けた。話に聞いたことはあったが、実際に本物を見たことはなかった。

ダニエルはグラスをかちゃかちゃいわせていた場所からひょいと頭を上げた。「さあね。やってみて」

アマンダがスイッチボタンを押すと、テレビがついた。「やったわ!」

ダニエルは彼女の叫び声を聞いて笑った。

アマンダはほかのボタンも試してみて、次々とチャンネルを変えはじめた。「これ、とても流行すると思うわ」

「アイスバケットが見つからないんだ」ダニエルは言い、うしろのガラス棚を見た。

「バスルームをさがしてみましょうか?」

ダニエルはカウンターの端をぐるりとまわってきた。「僕がさがすよ。そのチョコレートを食べてみれば？　マイケルがきっと支払ってくれるよ」

アマンダはにっこりし、喜んで彼の言葉に従った。やわらかいソファに腰を下ろし、トリュフチョコレートの金色のホイルをはがす。

ここのほうがずっといいわ。涼しくて、座るところがあって、誰も猥褻《わいせつ》なことを叫んだり、食べ物を投げたりしていないし、鼓膜に響くベース音もない。それになにより、部屋には私一人しかいないのだから、会話をする相手がいないからといって、恥ずかしい思いをしなくてすむ。

「アイスバケットはないな」ダニエルは言い、ソファのうしろで立ちどまった。「『アメリカン・グラフィティ』かい？」

アマンダは画面を見た。「たぶん」

「いいね。チョコレートはおいしい？」

アマンダは身を乗り出して、皿からもう一つ金色のまるい包みをとった。「最高よ」そう言って、ダニエルに手渡す。

画面では、ハイスクールの卒業生の一団が最後の夜をいっしょに祝っていた。

ダニエルはチョコレートのホイルをはがし、テレビのほうを指した。「僕たちみたいだ」

アマンダはうなずいた。映画の登場人物たちのように、彼らは新しい世界への転換点に立っていた。

「これはうまいな」ダニエルはソファをぐるりとまわってきた。皿を手にとり、真ん中のクッションの上にどんと置き、反対側の端に座る。「戻る前に食べてしまおう」

アマンダはうなずき、もう一つのチョコレートに手を伸ばした。「無駄にするのはもったいないものね」

二人はしばらく黙って映画を見、アマンダは甘くてクリーミーなチョコレートを舌の上でとかした。

「で、これからどうするんだい？」ダニエルはまたチョコレートをとりながら尋ねた。

「パーティのあと?」

「いや。高校を卒業したあとだよ。君はとても成績がよかっただろう?」

アマンダはうなずいた。デートする機会がほとんどなかった分、勉強する時間はたっぷりあった。

「ニューヨーク大学に合格したの」

「それはすごいな。専攻は?」

「英文学と法学大学院《ロースクール》へ入る準備よ。あなたは?」

「家族の会社だよ」ダニエルはうんざりした笑みを浮かべた。

「堅実な仕事ね」アマンダは言った。

数分間、ダニエルは黙りこんだ。目はじっと画面を見つめていた。「でも、僕のほんとうの望みは……」

アマンダは待ったが、彼は続けなかった。

「なに?」とうとうアマンダは尋ねた。

ダニエルはかぶりを振った。

「話して」

ダニエルは片脚をソファにのせ、アマンダのほうへ体を向けた。「笑わないと約束してくれ」

私がダニエルを笑う? そんなこと一生ありえない。アマンダは首を横に振った。「笑わないわ」

「わかった」ダニエルはうなずいた。「こうだよ。新しい雑誌を立ちあげたいと、父に話せたらいいなと思っているんだ」

アマンダは感銘を受けた。平凡な昔ながらのロースクールよりずっとおもしろそうに思えた。「ほんとう? どんな雑誌?」

「アウトドア・アドベンチャー、外国、アクション。僕は世界中を旅して、記事を書いて、それをニューヨークへ送るんだ」

アマンダはごくりと唾《つば》をのみ、突然、自分が退屈で陳腐な気がした。私はアメリカを出る計画を立てたことさえないのに、ここにいるダニエルは世界中を冒険してまわろうというのだ。

「つまらないアイデアだと思っているんだろう」ダニエルは表情を曇らせて言った。

「いいえ」アマンダは即座に否定し、彼に少し近づいた。「すばらしいアイデアだと思うわ。うらやましい」

ダニエルは元気を取り戻した。「ほんとうに?」

アマンダは力強くうなずいた。「すばらしいわ」

ダニエルはまたチョコレートを手にとって、笑いながらホイルをむき、口の中へほうりこんだ。「そうだろう?」

二人はまた意識を映画に戻した。

しばらくして、ダニエルは立ちあがり、カウンターのうしろへ戻った。「チョコレートを食べると、喉が渇くな。シャンパンは飲んだことある?」

アマンダは目をまるくした。「どこでシャンパンなんて手に入れるの?」

ダニエルは緑色の瓶を持ちあげた。

「でも、面倒なことにならない?」

ダニエルは肩をすくめ、ワイヤのついたコルク栓をねじってはずした。「部屋はマイケルの名前でとってある」

ダニエルは親指でコルクをぽんと抜いた。コルクは天井にあたり、カーペットにはね返った。

アマンダは突然大胆な気分になった。「私も少しもらうわ」

ダニエルはにやりとし、カウンターの上の足の長いグラスを二つ引っくり返した。そして泡の立つ液体をつぎ、スナックの入ったバスケットからプレッツェルの袋をとり、ソファのアマンダのもとに戻った。

五〇年代の音楽をバックに、ダニエルとアマンダは身を乗り出してグラスを合わせた。

「ハッピー・プロム・ナイト」ダニエルはささやいた。

アマンダは彼の深く青い瞳をのぞきこんだが、さっきほど気づまりな気分にはならなかった。彼女はシャンパンをすすった。「ねえ、これ、おいしいわ」グラスを掲げて光に透かし、小さな泡が表面に上がっていくのを見つめる。

ダニエルはプレッツェルの袋を開け、ソファにくつろいで座った。

アマンダは満たされたため息をついた。パーティは嫌いだった。認めたくなかったが、彼女にとって初めての十代での大きなパーティは楽しくなかった。

このほうがずっといい。座り心地のいいソファでくつろぎ、おもしろい映画を見て、ダニエルと笑い合い、話をし、オレンジの香りがするガソリンみたいな飲み物をすする。

アマンダはプレッツェルに手を伸ばした。

誰も投げ飛ばしていないことがはっきりしている食べ物を食べるほうがずっといい。

映画の中でリチャード・ドレイファスが飛行機で飛び去るころには、アマンダは靴を脱ぎ、シャンパンの瓶は半分空になっていた。

彼女は即席のピクニックの残り物を集め、裸足《はだし》でカウンターのほうへ行った。足に触れるカーペットがやわらかい。「そろそろパーティへ戻るべきじゃないかしら」しぶしぶ言った。

ダニエルはアマンダのうしろで立ちあがり、グラスをテーブルから持ちあげた。グラスがぶつかってかちゃかちゃ鳴った。「そうだな。結局、アイスバケットは見つからなかった」

「今となっては、もう誰もアイスバケットがないことなんて気づかないと思うわ」アマンダは振り返り、ダニエルと向かい合った、というか、彼の胸と向き合った。アマンダが靴をはいていなければ、彼は彼女よりたっぷり十五センチは背が高いのだ。

ダニエルはアマンダに手をまわし、カウンターの上にグラスを置いた。「あのパンチを飲みつづけていたら、そうだろうな」

アマンダは思い出して、また身を震わせた。

「アマンダ？」ダニエルの声が不自然に低く響いた。

彼女は顎を上げて彼を見た。「なに？」

ダニエルは首をかしげた。アマンダは突然、空気が変わったことに気づいた。困惑して、彼をちらりと見る。

「僕たちは二度と会うことはないかもしれない」ダニエルが言った。

「そうね」アマンダも同意する。同じ学校にいてもめったに会うことがなかったのに、アマンダがニューヨーク大学へ進学し、ダニエルがわくわくする雑誌のストーリーをさがして世界を旅するのなら、なおさらだ。

「だから……」ダニエルは息を吸った。

「だから？」アマンダはきき返した。

「そのことについて、どうすればいい？」

アマンダは彼の目が陰り、笑みが消え、唇が開くのを見た。

「ダニエル？」

「最初で最後のチャンスだよ、アマンダ」

ダニエルはアマンダの頬をてのひらでとてもゆっくり撫《な》で、彼女がムードが変わったことに慣れる時間、抵抗する時間をたっぷり与えた。

ダニエルは彼女の髪に指をからませ、頭を撫でた。

「君にキスをしようとしているんだけど」かすれた声で言った。

「わかってるわ」アマンダは彼のキスを求めて、ささやいた。

完璧《かんぺき》だった。正しかった。なぜかアマンダにはわかった。知的に、感情的に、宇宙的に、今この瞬間のこのキスは、無条件にするべき運命なのだ。

彼の唇がアマンダの唇に触れた。硬く、やさしく、湿っぽく、そして熱い。

アマンダは両腕をダニエルの首にまわし、彼に応《こた》えて唇を開き、キスを深めるために頭を傾けた。欲望が押し寄せてきた。彼女は熱くなり、冷たくなり、そしてまた全身が熱くなった。

ダニエルが――ダニエル・エリオットが――私にキスをしている、私を抱きしめている。彼のにおいが花の香りとまじる。彼の味はチョコレートとシャンパンより強烈だ。肌がちくちくし、血がわきたつ。こんな感覚は初めてだ。

欲望の火花がアマンダをつらぬいた。男の子とキスをしたことはあったが、こんなのは初めてで、体に触れられても、心身の制御がきかなくなることはなかった。

もっと激しくしてほしい。もっと深く。アマンダは唇を開き、ダニエルを迎え入れた。

ダニエルの舌が口に入りこんで、アマンダは快感にすすり泣きそうになった。

ダニエルは空いているほうの腕を彼女のウエストにまわし、手を腰に添え、こわばった体に彼女をしっかりと押しつけた。

そうよ。もっと近く、もっとしっかりと。アマンダは両腕を彼の首にまわし、体を押しつけ、頭を傾けてキスを深めた。

耳の中で海鳴りのような音がし、アマンダは両手でしっかりとダニエルをつかんだ。キスは延々と続いた。彼女はさらに大きく唇を開き、キスを返した。

ダニエルがカウンターの上でアマンダの背をそらせると、彼の胸の奥深くから声がもれた。力強い手が彼女の背中を撫でてあげ、前へまわってあばらに触れ、親指が胸の下をかすめそうになった。アマンダは胸の先が硬くなるのを感じ、喜びの火花が全身を駆けめぐった。

彼に触れてほしいけれど、頼むのはこわい。

すると、ダニエルのもう一方の手が首を撫でおろした。アマンダは緊張し、待った。やがて彼の指先が胸へと移動した。彼女は強烈な感覚を覚えながら、体をびくりと動かした。

「アマンダ」ダニエルがかすれた声で言う。

アマンダはあえぎながら、てのひらをダニエルの胸にすべらせ、スーツのジャケットの下にもぐりこませ、熱い背中へとまわし、胸を彼のてのひらにぐっと強く押しつけた。世界は狭まり、彼と二人きりになった。

欲求が頭の中でどくどくと脈打って、時間も、空間も、理性も、消え去った。

「ダニエル」アマンダの声が彼の名前を嘆願に変えた。

つつましさは消えた。恥ずかしさも消えた。アマンダの細胞の一つ一つがダニエルを求めていた。かつてこんなに誰かを求めたことはないほど、彼を求めていた。

ダニエルの唇はアマンダの首へ移動し、快い熱狂でやわらかい皮膚がすりむけるほど、荒々しく、激しくキスをした。

アマンダは彼がもっとキスをしやすいように頭をのけぞらせた。息が歯の間からもれ、彼の背中を抱く手に力がこもる。ジャケットを脱がさなくては。彼の肌に触れたい、彼の炎を感じたい。

ダニエルはアマンダの肩にキスをした。唇は胸の谷間へと移動し、彼女はもの欲しげにうめいた。ダニエルの手は彼女の首のうしろのホールターの結び目に移った。

「やめろと言ってくれ」ダニエルは結び目をほどきながら言った。熱い舌で彼女の肌を味わう。

「やめないで」アマンダは欲望で息も絶え絶えに言

った。「やめちゃいや」腿の付け根に電気が走り、彼女は焼けつくような欲望を満たしたくてたまらなくなった。

「アマンダ」ダニエルはうめいた。結び目はほどけ、しなやかな生地は彼女の腰まですべり落ちた。

ダニエルは身を引き、アマンダの裸の胸をじっと見つめた。

アマンダは背を弓なりにし、目を閉じ、大胆に髪をかきあげて、くしゃくしゃに振り乱した。

ダニエルは歯を食いしばって悪態をついた。「きれいだ」うめくように言う。「信じられないくらいきれいだ」彼は片手でアマンダの胸を包み、彼女は強烈な感覚にうめき声をあげた。

アマンダは自分が美しいような気がした。生まれて初めて、美しく魅力的だと感じ、自分の体に対して自信を持った。

直接ダニエルの肌を感じたくて、彼の肩からジャケットを押しのける。アマンダはあまりよく知らなかったが、服を脱がせなくてはならないことはわかった。

ジャケットが床に落ち、ネクタイに取りかかる。ネクタイがゆるむと、ダニエルははっと息をのんだ。

「アマンダ」彼女が欲しくてたまらないといった声だ。

アマンダはまたダニエルの唇にキスをし、シャツのボタンをはずした。

「やめられるよ」ダニエルはささやいた。「死にそうだけど、今ならまだ……」

ついに肌が現れた。アマンダの唇が裸の胸に触れ、ダニエルの全身は震えた。

「やめないわ」アマンダは彼の温かい肌に向かって息をした。世界中のあらゆる選択肢の中に、今ここでやめるという項目はなかった。

「よかった」ダニエルはアマンダの胸の先端を見つけ、彼女の膝が崩れそうになるようなことをした。

ダニエルはアマンダをしっかりと抱きしめた。そして両腕で抱きあげ、キスをしながらベッドルームのドアへと向かった。

アマンダはダニエルの胸に指を走らせ、平らな胸の先をてのひらで包み、私と同じ感覚を彼にも味わわせることができるのかしらと考えた。

ダニエルはまた彼女の名前をつぶやき、アマンダをベッドの横に立たせた。そして裸の胸に彼女を引き寄せ、もう一度長いキスをした。

アマンダがドレスのわきのボタンを一つはずすと、布は落ちて彼女の足元にまつわりついた。

ダニエルの両手がアマンダの裸の背中を撫でおろし、ヒップをつかみ、しっかりと彼のほうへ引き寄せる。

次になにが起こるのだろうと思い、アマンダは少し震えた。でも、やめるつもりはなかった。この地球上に彼女をとめられる力はなかった。

「アマンダ?」ダニエルは身を引いて尋ね、暗い部屋の中で彼女を見つめた。

アマンダは目が合うのを避けながら、彼のシャツを脱がせた。

「緊張しているのかい?」

「いいえ」アマンダは嘘《うそ》をついた。

ダニエルは間をおいた。

今度はアマンダも彼を見つめた。「君、今まで……」嘘をついてもしかたがない。どうせすぐにばれるだろう。アマンダはゆっくり首を振った。「ごめんなさい」

ダニエルはやさしく唇に、頬に、まぶたに、こめかみにキスをし、すばらしい感覚に次ぐ感覚を彼女の魂から引き出した。

「君が本気なら」ダニエルはとうとうささやいた。

「本気よ」アマンダは息を吸いこんだ。

ダニエルの唇に笑みが浮かび、指先で彼女の腹部をなぞり、へそのくぼみ、さらに下のやわらかい部分に羽根のように軽く触れた。

アマンダは目をまるくし、口をぽかんと開けた。

「気に入ったかい?」ダニエルは彼女の目をじっと見つめながら尋ねた。

「ええ」

彼の愛撫《あいぶ》はだんだん強くなり、より深く探索していく。

ダニエルはやさしくアマンダをベッドに横たえ、膝を曲げたが、足はまだカーペットにつけたままだった。

「痛くしたら言ってくれ」

「あなたは痛くなんてしないわ」痛みからはほど遠かった。

ダニエルはしばらくアマンダから離れ、ズボンを蹴《け》って脱いだ。そして戻って、ありとあらゆるところに触れた。アマンダはあらゆる感覚を感じる一方で、落ち着く時間が欲しかった。

アマンダは自分の感じている半分くらいはダニエルも感じていることを確かめたくて、深呼吸をした。指の関節で彼の胸をかすめ、張りのある肌を下にたどっていく。彼女に触れられて、腹筋が収縮し、彼は彼女の耳元であえいだ。

ダニエルはうめき声をあげ、キスをする。アマンダはキスを返し、彼の舌と戯れ、彼に触れられて背をそらし、より強く、より深く彼を求めて、体を使って懇願した。

アマンダが彼の高まりを手で包みこむと、彼の熱がてのひらを焼いた。

ダニエルが悪態をつき、アマンダはすぐに手を引いた。

「痛かった?」

「死にそうだよ、ベイビー」

「ごめんなさい」

ダニエルはうつろな笑い声をあげた。「もっと殺してくれ」

アマンダはそうした。

ダニエルはアマンダの上になった。その顔には懸命に自分を抑えようとする表情が宿っていた。「戻るなら、これが最後のチャンスだよ」

アマンダは彼に合わせるように腿を動かした。

「戻らないわ」確信を持って答えた。

ダニエルは彼女の中へすばやく入った。

アマンダは痛みで目を見開き、ダニエルはキスの雨を降らせた。

「すぐに痛くなくなるよ」耳元でささやく。

もう痛くなかった。痛みは去ったが、情熱は続いていた。

ダニエルはアマンダの中で動き、彼女の欲求は爆発した。腿で、腹部で、胸で、脈が激しく打った。

彼のペースが上がると、アマンダは熱烈にキスをし、体を開いた。はっきりとはわからないなにかを求めて、筋肉が収縮する。

目の奥で光が燃えた。脚に電気が走り、二人の体が結びついている部分から熱い感覚が広がった。

ダニエルはあえぎながら彼女の名を呼んだ。全身が緊張し、世界が一瞬とまった。

そして安堵《あんど》がアマンダの中を流れ、夏の雨のように彼女を押し流し、一方でどくどく打つ脈は筋肉を収縮させ、光は色の稲妻に変わった。

「ミセス・エリオット？」

声がアマンダのひそかな思い出の中に入りこんできた。リムジンの運転手だ。

アマンダは体を震わせ、ダニエルのことを夢見ていたのを見られた恥ずかしさを隠すかのように、胸に手をあてた。「えっと、なにかしら？」

運転手は右側の建物に向かってうなずいた。「着きました」

「そうね」アマンダは震えながら、リムジンのドアのほうへ移動した。

「私が参ります」

アマンダは運転手に助けられて後部座席から降り、礼を言って歩道を渡り、玄関に着くと、慎重に鍵を差しこんだ。

まだプロムの夜の思い出は去ってくれなかった。アマンダとダニエルは一晩中、魅惑的に愛を交わした。翌朝、おそらく二度と会うことはないだろうと知りながら、ほろ苦い別れを告げた。

会うつもりもなかった。アマンダはニューヨーク大学へ行き、ダニエルは世界中をめぐるのだ。

ブライアンさえいなければ。

ブライアンがすべてを変えてしまった。

6

ダニエルは作戦を変更することに決め、裁判所の前の縁石にシルバーのレクサスを寄せた。アマンダのような賢い女性には、テイラーとの衝動的な計画はうまくいかないということをわかっているべきだった。

でも、今回は違うはずだ。

ペースを落とし、情報を収集するのだ。次の行動に移すまで、彼女はそれが近づいていることさえわからないだろう。

サイドブレーキを引き、エンジンを切る。重要なことから順番に、だ。どうすればアマンダが企業弁護士という職に魅せられるかを調べるのは簡単なことだった。どうして彼女が犯罪弁護士という職に魅せられているのかを理解するほうがむずかしい。

だが、それも変わるのだ。

ダニエルは運転席のドアを開けて車を降りた。アマンダの事務所の受付係は、どこへ行けばアマンダを見つけられるかを教えてくれた。この女性の軽率な好意に神の祝福を。そして今、アマンダは横領事件の答弁をしていた。

横領。

従業員が雇主から盗みを働く。

ダニエルは車のドアをばたんと閉め、歯を食いしばった。元妻が選んだ魅惑的なキャリアだ。

ダニエルはコンクリートの広い階段をのぼりながら腕時計をちらりと見た。裁判が始まって一時間近くたっている。

重いオーク材のドアを引き開け、広いロビーを通り、五番法廷を見つけた。

ダニエルはそっと最後尾の列にすべりこんだ。

アマンダは、二十四本の赤い薔薇《ばら》の花束につけられた小さな厚紙のカードを見つめた。

〝おめでとう!〟

困惑して、アマンダはカードを裏返した。

〝今日、裁判所で君を見た。もし僕が銀行強盗をすることがあれば、まず君に電話をするよ――D〟

ダニエルだ。

「うるわしの君?」ファイルの山をかかえて、ジュリーがドアをさっと通り抜けてきた。

「ダニエルからよ」アマンダは認めた。

ジュリーはかがんで、薔薇の花の香りをかいだ。

「今度こそ、デスクの上で彼としなくちゃね」

アマンダはジュリーの不敬な言葉にほほえんだ。

「ダニエルはそんなタイプの男性じゃないわ」

「やってみなさいよ」ジュリーは黒い眉を上下させ

てアドバイスした。「びっくりするわよ」

「ダニエルはびっくりするようなことを好むタイプじゃないのよ」

「じゃあ、薔薇の花が届くと思っていたの？」

アマンダは黙った。「いいえ。そうね、これはびっくりしたわ」

「ほら、ごらんなさい」

「彼は元夫なのよ」アマンダは、デスクの上だろうとどこだろうと、ダニエルと関係を持つつもりはなかった。彼にキスをしたのはまずかった。

「でも、彼、いかしてるわ」

たしかにいかしている。それに、今でもすばらしくキスがうまい。私が我を忘れていたのでなければ、彼はキスを返してきた。

それはつまり、彼も興味があったということだ。

つまり、私たち二人ともトラブルに陥っているということだ。

「アマンダ？」

アマンダはまばたきした。「なに？」

ジュリーはにっこりした。「あなたも彼がいかしてると思っているんでしょう」

「ミーティングに遅れるわ、と思っていたのよ」

カレンを訪ねるのは実際にはミーティングではなかったが、〈ザ・タイズ〉のベランダに出たとたん、アマンダは来てよかったと思った。

カレンはデッキチェアに座っていて、まわりにはアルバムや写真が散らばっていた。

「ほら、見て」カレンは雑然とした中からパンフレットを引っ張り出した。「ペディキュアかリフレクソロジーのどちらがいいか決めかねているのよ」

「なにをしてるの？」

「〈エデュアルドズ〉に二十五日に行くことにしたんだけど、早めに予約をとらなくちゃならないのよ。

フェイシャルもしたい？」

「もちろん」アマンダはもう一つの椅子に座りながら言った。エステティックサロンで週末を過ごすと決めてから、その予定がちょっと楽しみになってきていた。

カレンはサイドテーブルのアイスティーのピッチャーを示した。「喉は渇いている？」

アマンダはまた立ちあがった。「いただくわ。おかわりはどう？」

「お願い」カレンはパンフレットを置いて、詰め物をした椅子の背にもたれた。「世界のことを教えてちょうだい」

「全世界？」

「あなたの世界よ」

アマンダはカレンの背の高いグラスを満たした。

「今朝、裁判に勝ったわ」

「おめでとう」

「まだ公式ではないんだけどね。判決は木曜日に出るけれど、集団訴訟を持ち出して、ウエストレイク建設会社を脅しておいたわ。彼らは降参するわよ」

「それって、メアリーなんとかの横領の裁判？」

アマンダはうなずいた。「すてきな女性よ。シングルマザーで、三人の子供がいるの。彼女が半年間服役したって、誰の得にもならないのよ」

「でも、彼女はお金をいくらか盗んだのよね？」

アマンダはまた座った。「もらう権利のある休日手当の前借りをしただけよ」

カレンは笑った。「あなた、私の弁護士になってくれる？」

「あなたに弁護士は必要ないわ」

「わからないわよ。退屈してるの。銀行強盗でもしようかと考えているのよ」

「ダニエルと話したの？」

カレンの目が輝いた。「いいえ、あなたは？」

アマンダは即座にとっさのジョークを後悔した。でも、隠したところで、カレンにもっと突っこまれるだけだ。

「花を送ってきたのよ」アマンダは認めた。「彼も銀行強盗について触れていたの。エリオット家の財産のことで、なにか私に話していないことがあるの？」

「なんの花？」

「薔薇よ」

「赤？」

「そう」

「まあ」

「お祝いなのよ」

「なんのお祝い？」カレンは目をまるくした。「あなたたち、二人でなにをしたの？」

アマンダはあわてて手を振って質問をさえぎった。

「そういうんじゃないの。ダニエルが裁判所の私を見に来たのよ。私は勝って、彼は花を送ってきたというわけ」

カレンは目の前のアルバムをまっすぐに直した。

「ダニエルが裁判所のあなたを見たですって？」

アマンダはうなずいた。

「なんのために？」

「私を負かすためよ」アマンダはアイスティーをすった。「それに、言っておくけど、彼はまた私をいらいらさせているの。テイラー・ホプキンスとのことがあって以来、彼はもうそんなことはしないって言ったのに」

「テイラー・ホプキンスとのことって？」

「ダニエルがテイラーをディナーに誘って、テイラーは私に全能の金のカルト教団について教えこもうとしたのよ」

「まあ、テイラーはまさにそういうことをしそうな男性ね」カレンは言った。「彼の新しい家を見た？」

「いいえ」

カレンは身を乗り出して、アルバムをぱらぱらとめくった。「ほら、これよ」

アマンダは立ちあがり、カレンの隣に行った。

「すてきね」

「海岸沿いにあるのよ。立派なテニスコートもすばらしい家だった。しかしアマンダは、高価な不動産にはあまり感銘を受けたことがなかった。次のページには家族写真があった。アマンダの視線はダニエルの上でとまった。タキシード姿の彼は魅力的だった。

そして、彼の隣に立っている女性を見た。

「あら」カレンが言った。「シャロンが現れたわ。彼女については、誰もどうしていいかわからないのよ」

アマンダは元夫の元妻をちらりと見た。シャロンは小柄で細くて、金をかけていそうなプラチナブロンドの髪をしていた。

シャロンは四十歳より若く見えた。化粧は完璧《かんぺき》で、シルバーのスパンコールがこぼれんばかりのみごとなドレスを着ていた。

「私はちっとも彼女と似ていないわよね？」アマンダは突然、自分のいたらなさを実感させられた。

「あなたはシャロンとはぜんぜん違うわ」カレンが言う。「ありがたいことにね」

「でも、ダニエルの求めているのは彼女なのよ」

カレンはアマンダのほうを振り返って見つめた。

「ダニエルが離婚したのは知っているでしょう」

「でも、彼女と結婚したのよ」

「彼は〝あなた〟を愛していたわ」

アマンダは首を横に振った。「私は妊娠しただけよ」

カレンはアマンダの腕をぎゅっと握った。「あなたはやさしくて、情け深くて、知的で、愛すべき

「——」

「そして彼女は細くて、美しくて、ブランドものの服をセンスよく着こなして、何カ国語も話せるわ」

「残酷で、温かみがないわ」

「でも、イブニングドレスを着ると、すてきよ」それには反論はなかった。

「あなたもすてきよ」

アマンダはほほえんだ。「十年以上も私のイブニングドレス姿を見ていないでしょう。私だって、何年もイブニングドレス姿の自分を見ていないわ」

「そろそろ着てもいいんじゃない？」

「ワイヤーブラをつけているのよ」アマンダはひそひそ声で告白した。

カレンはくすくす笑った。「私にはもうそういったものは必要ないわね」

アマンダは凍りついた。

だが、カレンはかぶりを振った。「ありがとう。初めて胸についてジョークを言えたわ」

「でも、私——」

「あやまったりしないで。完璧であることなんて気にしなくていいのよ。肉体的欠陥なんて、なんの意味もないわ」

アマンダはシャロンの写真を見おろした。「ダニエルにとっては、明らかに意味があるのよ」だからこそ、彼は私の服や髪型について文句を言うのだ。

「そうは思わないわ」

「私たち、シャロンには外見以外に惹《ひ》かれるところはないってことで合意したわね」

「ええ」カレンはゆっくり答えた。

「そして、それがダニエルを惹きつけたのよ」アマンダはなにげなく自分の飾り気のない紺のズボンと白いブラウスを見た。

「彼がなにを考えているかが気になるの？」カレンがきいた。

いい質問だわ。気にするべきじゃないのよ。ダニエルにとって魅力的でありたいわけじゃない。彼に私の生活から出ていってほしいだけだ。

でも、あのキス、あの花束、思い出……。なにかが起こっている。そしてアマンダはそれとどう闘えばいいのかわからなかった。

「父さん？」カランは会議室のテーブルの下でダニエルを蹴《け》飛ばし、一枚の紙を渡した。

ダニエルははっと現実に返り、〈エ《E》リオット・パブ《P》リケーション・ホ《H》ールディングス〉のシニア・マネージメント・チームの期待に満ちた顔に焦点を合わせた。彼は、アマンダはあの薔薇を気に入っただろうかと考えていたのだ。

時間稼ぎをしながら、ダニエルはカランがよこした書類を見おろした。

“カランがその数字を知っている、と言うんだ”

紙にはそう書かれていた。

ダニエルは顔を上げ、椅子の背にもたれた。「カランがその数字を知っているよ」

注目はすぐにカランに移った。

「スペイン語とドイツ語の数字は見込みがあると思う」カランは言った。「フランス語はぎりぎりで、日本は翻訳のコストを考慮すると見込みはないね」

ああ、翻訳会社ね。ダニエルは今なにが話題になっているのかがわかった。

「二社の翻訳会社の試作モデルを作ったら、どうだろう」カランは提案した。「スペイン語とドイツ語の。どちらも損をすることはないだろうから、未決着の問題のいくつかの答えになると思うんだ」

みんながそのアイデアを検討する間、部屋は静かになった。

カランはそっとほほえんだ。「誰も今年は不必要な損失を出したくないだろう？」

全員がうなずいた。

「それでいこう」マイケルが申し出た。

「僕もそれでいい」ダニエルは息子の折衷案を誇らしく思いながら言った。

「じゃあ、決まりだ」ダニエルの弟シェーンはテーブルを手でたたいて言った。「休会にしていいかい？　ランチミーティングがあるんだ」

みんなは書類を集めはじめ、席を立った。

ダニエルはもう一度、アマンダの笑顔を思い描いた。あの薔薇を気に入ってくれるといいんだが。電話をして、きいてみようか。届いたかどうかを確かめるために。

「時間はある、父さん？」立ちあがりかけたダニエルに、カランが声をかけた。

ダニエルはまた座った。「もちろん」

会議室のドアは閉まっていて、彼らは二人きりだった。

カランは椅子をくるりとまわして背もたれに寄りかかり、指先で金色のペンをまわした。「それで、どうなっているんだい？」

「どういう意味だ？」

カランはあざけるように笑い、かぶりを振った。「つまり、僕はあの会議で三度も父さんに助け船を出さなくてはならなかったんだよ。なにをそんなに悩んでいるんだい？」

「おまえは別に――」

カランは、ダニエルに渡したメモを指でとんとんとたたいた。

「ちょっと悩んでいるんだ」

「〝ちょっと〟？」

「考えていたんだよ――」

「母さんのことだね」

「ビジネスのことだ」

カランはペンを置き、突然、重役らしくふるまった。

た。「いったいなにをしているんだい、父さん？」

ダニエルは息子の表情をさぐった。「なんのことだ？」

「昨日、母さんの裁判を見に行っただろう」

「僕は彼女に専門を変えてもらおうとしているんだ。それは知っているだろう」

カランはかぶりを振り、ダニエルにいたずらっぽい笑みを向けた。「まったく、父さんときたら」

ダニエルは眉を上げた。「なんだ？」

「認めなよ」

「なにを認めるんだ？」

「母さんに熱を上げているんだろう？」

ダニエルはむせそうになった。「なんだって？」

「母さんの仕事の問題じゃないだろう」

ダニエルは答えなかった。椅子の背にもたれ、疑い深げに息子を見つめた。

「父さんと母さんは元のさやに戻ればいいんだよ」

ダニエルは両手を上げた。「おいおい」

「母さんを納得させるには時間がかかるかもしれないけど——」

ダニエルは前かがみになり、次男をじっと見つめた。ダニエルにはアマンダとの間がどうなっているのかわからなかったが、どうなっているにせよ、心得違いの励ましが必要ないのはたしかだった。

「口出ししないでくれ」ダニエルは簡潔に命令した。

「でも、父さん——」

「言っただろう、カラン」

「なんと言われようと、かまわないよ。母さんを企業弁護士に変えることは、やめるときなんだよ」

「ありえない」ダニエルはあきらめていなかった。

「どっちにしろ、それは策略だろう。とにかく前に進んで、デートをすればいいじゃないか」

「母さんは——」

「花かなにかを贈るんだよ」

「もうとっくに――」ダニエルははっと口を閉じた。

「とっくになんだい？」

ダニエルはいきなり立ちあがり、ファイルをかかえあげた。「この話は終わりだ」

カランは両手をテーブルについた。「母さんを街へ連れ出すんだよ。特別だと思わせるんだ」

ダニエルはぼんやりと息子を見た。

「母さんはロブスターが好きだよ」カランが言う。〈ホフマンズ〉のロブスターは最高だ。あるいは〈アンジェリコズ〉か。ダニエルは、やわらかい照明に照らされたレストランのテーブルで、向かいにアマンダが座っているところを思い描いた。

きれいだ。ほんとうにきれいだ。

確信がしぼんでいき、ダニエルは息子の言うとおりだと思った。つまり、自分は大きなトラブルに陥っている。元妻とデートがしたいだなんて。

7

ダニエルは何百回、いや何千回とデートしてきた。印象が大事なのはわかっていた。それに、細かいところに気を配ることも。まず必要なのは、有能な書家と一輪の白い薔薇《ばら》だ。

ワシントン・スクエアに、エレガントな招待状をすぐに作ってくれる小さな印刷店がある。今日の午後遅くにアマンダのところへ運転手に届けさせよう。

ダニエルは椅子にもたれ、ナンシーをブザーで呼び出した。

二時間後、答えを受け取った。

アマンダからのEメールで。

よりによって〝Eメール〟とは。

僕は品格や優雅さを用いたのに、彼女は便利さを選んだのだ。

ダニエルは彼女の名前をダブルクリックした。

〝遠慮するわ〟メッセージにはそう書かれていた。

これ以上簡潔で人間味のない答えがあるだろうか？ この一文からはなにも伝わってこない。説明もない。予定変更の余地もない。なにもない。

ダニエルは内線のブザーを押した。「ナンシー？」

「はい？」

「アマンダ・エリオットのオフィスにつないでくれないか」

「かしこまりました」

回線一番のライトが点滅すると、ダニエルは受話器をとった。「アマンダ？」

「ジュリーよ」

「ああ。アマンダはいるかい？ ダニエル・エリオットだ」

「うるわしの君？」ジュリーはきいた。「なんだって？」

ジュリーはくすくす笑った。「お待ちください」

ダニエルはこめかみをこすって、深呼吸をした。喧嘩《けんか》はしたくない。ただデートがしたいだけだ。ディナーを食べて会話をすれば、二人の間で事がどうなっているかわかるだろう。

アマンダのハスキーな声が聞こえてきた。「アマンダ・エリオットです」

「アマンダ？ ダニエルだ」

沈黙。

「Eメールを受け取ったよ」ダニエルは声を平静に保ち、批判的にならないよう努めた。

「ダニエル――」

ダニエルは聞こえないふりをした。「金曜日の夜は都合が悪いのかい？」

間があった。「スケジュールの問題じゃないの」

「そうなんだ？」ダニエルは革張りの椅子の背にもたれた。「じゃあ、なにが問題なんだい？」

「ねえ、いったいなんの罠《わな》なの？」

ダニエルは椅子を回転させ、アマンダのため息まじりの声を楽しんだ。「罠じゃないよ。君をディナーに誘いたいんだ。僕なりのお詫《わ》びの印だ」

「お詫び？　あなたが？」

「そう。僕たち、二人の関係をけっこううまく進展させられたと思うんだ、マンディ」

アマンダはニックネームで呼ばれて、はっと息をのんだ。

「僕は、その関係を失いたくない」ダニエルは続けた。「それに、ディナーの間は犯罪弁護士や企業弁護士の話はしないと約束するよ」

アマンダの声にほほえみが感じられた。「ぎりぎりになって、誰かが飛び入りするの？」

「そんなことをする気はない」

「どういう意味？」

「つまり」ダニエルは言った。「ニューヨークシティの全市民の行動に責任は持てないが、僕は僕たち二人以外には誰も誘っていないし、誘うつもりもないってことさ」

「それは約束？」

「誓うよ」

また沈黙。「いいわ」

「金曜日の夜でいいかい？」

「金曜日の夜ね」

「八時に迎えに行くよ」

「さよなら、ダニエル」

「さよなら、アマンダ」ダニエルはにやりとし、電話を切ってからも、しばらく受話器を握っていた。

やったぞ。

さあ、これで必要なものはたっぷりの〈ソレイユ・ゴールド〉のチョコレートと〈ホフマンズ〉の予約だけだ。

アマンダの服装は明らかに〈ホフマンズ〉に行くにはくだけすぎていた。オフィスからあわてて戻った彼女は、黒のデニムのスカートと丈の短いコットンのブラウスを着ていた。化粧は薄く、シンプルな翡翠《ひすい》のイヤリングが見えるように、髪を耳のうしろに撫《な》でつけている。角のビストロに立ち寄ってステーキ・サンドイッチを食べようと提案したが、ダニエルは譲歩しなかったのだ。

正統なエリオット流として、ダニエルは〝それなりの〟場所を無理を言って予約し、財産とコネを見せびらかす準備をしていた。

彼が誰を感心させようとしているのか、アマンダにはわからなかった。五十ドルの前菜など、彼女にはなんの意味もない。それに、彼女がダニエルの社交界仲間に見せびらかすトロフィーでないのはたしかだった。

タキシードを着たウエイターが、公園を見おろす出窓のすぐわきにある、やわらかい照明の小部屋へ二人を案内した。ダニエルはマティーニを二人分、注文した。

いいわ。背もたれの高い、シルク張りの椅子が心地よいのは認めよう。それに、高価な美術品、繊細な陶磁器、アンティークの調度品は目にやさしい。

ウエイターはリネンのナプキンをアマンダの膝に広げ、ダニエルに革張りのワインリストを手渡した。エリオット家は事の重要さを金銭ではかるので、アマンダはここでなにかが起こりつつあることがわかった。

アマンダは身を乗り出した。「これは私のキャリアを変えさせようとする大計画の一部じゃないと誓う？」

「皮肉がすぎるな」ダニエルは警戒心を取り除くような笑顔で言った。

「高価すぎるわ」アマンダはダニエルの表情を注意深く見ながら言った。彼女は、暗褐色のオーク材の彫刻を多用したジェームズ一世時代風のキャビネットのうしろからテイラー・ホプキンスが飛び出してくるのではないかと、なかば予測していた。

ダニエルはワインリストを開き、最初のページをざっと見た。「リラックスしてディナーを楽しむべきだよ」

「そうするわ」アマンダは言った。「なるほどねって瞬間が終わればね」

ダニエルが顔を上げた。「なるほどねって瞬間?」

「ついに重大な証拠の一部が露呈して、このすべてに納得がいく瞬間よ」

「君は裁判所で時間を過ごしすぎだよ」

「あなたとの結婚生活が長すぎたのよ」

ダニエルは手を伸ばし、アマンダの手をとると、ぎゅっと握った。彼女の腕に温かみが走った。

アマンダはため息をついて、手を引き抜いた。

「いいわ。白状して。これはなんなの?」

「法廷の君はすばらしかったと伝えたかったんだ」

ほめられて喜びを感じたが、アマンダはそんな気持ちを抑えこんだ。今はダニエルに感傷的な気分を感じている場合ではない。彼はまだなにかをたくらんでいるのだ。

「それはうれしいわ。でも、ここにいる理由にはならないわね」アマンダは指摘し、パンに手を伸ばした。温かく、いい香りがしていて、それはアマンダの人生の最大の弱点の一つだった。

「ここにいるのは、裁判での君の手腕を見たときに、君のキャリアを変えようとしたのは間違いだったと、僕が気づいたからだよ」

そのほめ言葉を無視することはできなかった。口先だけでなく、ありきたりでもなく、誠実な言葉だとアマンダは魂の奥底でわかった。

ウエイターが現れて、二人の前にマティーニを置いた。「ご注文はお決まりですか?」一歩下がりながらきいた。

「もう少し待ってくれ」ダニエルはアマンダから視線をはずさずに言った。

ウエイターは頭を下げ、退出した。

ダニエルはマティーニのグラスをとって、アマンダに会釈した。

アマンダは自分のグラスをとった。「とりあえず、あなたを信じることにするわ」

「君の知性を賞賛するよ」

「でも、まだあなたはなにかをたくらんでいると思っているけれど」

ダニエルは肩をすくめた。「考えてごらん、アマンダ。チョコレート、花、ディナー……」

アマンダはまばたきした。「私たち、〝デート〟しているの?」

ダニエルの笑みにはプライドのかけらがあった。

「僕たちはデートしているんだよ」

アマンダは銀のバターナイフを振った。「いいえ、違うわ。あなたはお詫びをしているのよ。私たちは、子供たちと孫たちのために関係を安定させようとしているの」

ダニエルは広い肩を強調するかのように肩をすくめた。「なんとでも。君と議論するつもりはないよ、アマンダ」

アマンダは反抗的に沈黙を守りながら、彼を見つめた。

ウエイターがダニエルのわきに現れた。「ご注文は?」

「ああ、ありがとう」ダニエルはちらりとアマンダを見た。「ロブスターでいいかい?」

ダニエルが好物を覚えていたことに、アマンダはちょっとした興奮を覚えた。でも、それを抑えこんだ。これはデートではないし、彼は恋人ではない。そういうばかげた親しみを示す事柄は古い習慣でしかない。

「帆立貝を」アマンダは意に反してそう言い、ウエイターにメニューを渡した。「それに、ガーデンサラダを」

ダニエルは眉を上げた。「ほんとうに？」

アマンダはうなずいた。

「僕も帆立貝にするよ」ダニエルは言った。

「でも――」

ダニエルは彼女に無言の質問を投げた。

「なんでもないわ」アマンダは彼がリブロースを注文すると思っていたのだが、それを認めるつもりはなかった。

遠くの隅でハープ奏者が演奏を始めると、アマンダは膝のナプキンを撫でつけ、気持ちを立て直した。今夜は平静を保つのよ。

アマンダは心の中であたりさわりのない話題をさがした。「それで、ええと、あなたの法的問題は解決した？」

ダニエルはマティーニをすすった。「法的問題って？」

「従業員マニュアルよ」

「ああ」ダニエルはうなずいた。「例の問題ね。残念ながら、あの男を解雇しなくてはならないようなんだ」

「従業員マニュアルのために誰かを解雇するの？」

「たぶんね」

アマンダの中に突然、弁護士としての感情がわきあがってきた。「あなたは人の暮らしに無頓着《むとんちゃく》すぎるわ」

「でも、彼は仕事に関して無頓着すぎるんだよ」

「なにをしたの？」

「時間泥棒だ」

「時間泥棒って？」

「勤務時間内に個人的なことをすることだよ」

「なんですって？　美容室の予約をするとか？」

ダニエルは大きなため息をついた。「美容室の予約くらいで解雇したりしないよ」

「私はしないけど、あなたなら、しそうだわ」

「病気だと電話をかけてきたのに、七番街でマネージャーの一人に目撃されたんだ」

「処方箋《しょほうせん》を受け取りに行ったのかもしれないわ」

「情報筋によると、元気そうに見えたらしい」

アマンダの眉が上がった。「〝情報筋〟なんて持ってるの？」

ダニエルはマティーニのグラスの脚を指で撫でた。

「いくら君でも、〈エリオット《E》・パブリケーション《P》・ホールディングス《H》〉ほどの規模の企業は病欠を濫用するような従業員を雇っておけないことを認めないとね」

アマンダはそんなことを認めるつもりはなかった。

「なにがあったのか、本人にきいたの？」

「個人的にはきいていない」

「誰かがきかなかったの？」

「診断書を持ってくるようにチャンスを与えたんだよ。でも、持ってこなかった」

アマンダはテーブルに身を乗り出した。「医者にかからなかったのかもしれないわ」

ダニエルはマティーニをもう一口飲んだ。「彼は病欠の申請をした。でも、病気じゃなかった。それは詐欺だよ」

「彼は公平な発言の機会を与えられたの？」

「どうして？　この案件を引き受けたいのかい？」

アマンダは挑戦的な笑みを浮かべて、ダニエルの冷静な視線を受けとめた。「喜んで引き受けるわ」

ダニエルは椅子をうしろへ押しやった。「踊ろう」

「なんですって？」

ダニエルは階段のほうへうなずいてみせた。「二階のベランダでダンスをやっているよ」

「でも、注文したばかりよ」

ダニエルは立ちあがり、手を差し出した。「待ってもらうよ。しばらく話をしなくてすむことをなにかするべきだと思うんだ」

ダニエルはアマンダの手をとった。アマンダはほっとした自分がいやになった。

からめてきた彼の指は温かく、力強く、アマンダの体から抵抗する気持ちは消えてしまった。

「これはデートじゃないわ」アマンダはすり減った木の階段へ導かれながら断言した。

「もちろんデートだよ。薔薇を送っただろう」

「家じゅうが花屋さんみたいに香っているわ」

ダニエルは、狭い階段を先に上がるようアマンダに身ぶりで示した。「悪いことかい？」

「奇妙なことだわ」

階段のいちばん上にある重いドアを押し開けると、弦楽四重奏の音が漂ってきた。

ダニエルはアマンダの腰に手をあて、屋外のダンスフロアへ彼女を導いた。

アマンダはすぐに、ダニエルと踊るのは途方もない間違いだと気づいた。だがすぐに、今夜のすべてが間違いのように思えてきた。もっと分別を持つべきだった。エリオット家の男性が最大限の努力をしたら、女性には抵抗する力はほとんどなくなるのだ。

ダニエルがアマンダを腕に引き寄せると、アマンダは自然に彼のリズムに合わせた。

夜風は涼しかった。星さえも協力しているようだ。いつになく晴れた空で明るく輝いている。アマンダは一瞬、大富豪は天気までコントロールできるのだろうかと考えた。秘密の衛星ネットワークが空にあるのかもしれない。

アマンダは頭をのけぞらせ、深い紫色の空にちりばめられた銀色の斑点《はんてん》をまっすぐに見あげた。「あなたのすることは、いつもこんなに完璧《かんぺき》なの？」

ダニエルは喉の奥で笑った。「完璧？」

「完璧な花、完璧なディナー、完璧な空」

ダニエルもアマンダといっしょに見あげた。「必要なのはちょっとした事前の考慮と計画だけだよ」

アマンダは頭を戻した。「あなたは立案者だものね」

「そうだね」

「無計画になにかをすることはないの？」

「ないよ」

「まったく？」

ダニエルは肩をすくめた。「話の要点はなんだい？」

「楽しいかもしれないわよ」アマンダはなんとか会話を続けようとして言った。

「無秩序のなにが楽しいんだい？」

風が吹き、一筋の髪がアマンダの顔にかかった。

「私は自然発生的行動について話しているのよ」

ダニエルは乱れた髪を彼女の耳にかけ、無遠慮に指先で頰を撫でた。「自然発生的な行動なんて混沌《こんとん》と同義語だよ」

アマンダは頭を振って、また髪を乱した。「自然発生的行動は、したいときにしたいことをすることよ」

「それは軽率なだけだ」

「あなたは、私が軽率だと言うの？」

ダニエルはアマンダの額に額をつけて、ため息をついた。「君のことはなにも言ってないよ。僕はただ、一週間のうちにあまりものごとを変更しないのは、その週の終わりにはまったく違うものが欲しいからだって言っているんだ」

「一カ月、一年ではどう？」

「また違ったレベルでの計画があるよ」

アマンダは身を引き、足をとめた。「ほんとうに一年も先のことを計画しているの？」

「もちろん」

「ありえないわ」

「年間の予算のサイクルや、予約、会議なんかがあるんだよ。ただ飛行機に飛び乗ってパリへ行き、ヨーロッパ定期刊行物同盟でＥＰＨの展示をするわけにはいかないんだ」

「でも、なにかが変わったら、どうするの？」

ダニエルはまたアマンダをダンスに引き戻し、温かいてのひらで彼女の背中を撫でて、彼女を震えさせた。「なにが変わるんだい？　根本的な意味においてだけど？」

きちんとした議論を続けようという努力にもかかわらず、アマンダの声はだんだんやさしくなり、湿気を含んだ夜の空気より熱くなった。「でも、ほかのことをして過ごしたいと思ったりしないの？」

「ないね」

「ちょっとしたことでも？」

「アマンダ」ダニエルの声はきびしくなり、手はゆっくりと彼女の背中を上下に撫でつづけた。「ちょっとしたことなんてないよ」

それはどうかしているわ。「ディナーはどうなの？　はずみでレストランを選んでも、楽しかったと思わない？」

ダニエルはくすくす笑い、ダンスをしながら外の手すりのほうへ移動した。「テーブルが空くのを待って、二時間も列に並んで待っているほうがよかったのかい？」

消えていくエネルギーをかき集め、アマンダは彼の腕をたたいた。「わざと鈍感なふりをしているでしょう」

「わざと論理的にしているんだよ。計画を立てることは、人生から楽しみを奪うわけじゃない。人生を楽しいものにしてくれるんだ。心配ごとがなくなるからね」

アマンダはまた顔を上げて彼を見た。「ときには、のっぴきならない状態になってみなさいよ」

「いやだね」

「生きてるって気がするわよ」

ダニエルは間をおき、またアマンダの顔から乱れた髪を払いのけた。今回は、彼女が震えたのがはっきりわかった。

「そう思う?」ダニエルはやさしくきいた。

「ええ」アマンダは保証するように言った。

「わかった。じゃあ、おそらく君が計画していなかったことがあるよ」

アマンダの好奇心が高まった。「ほんとう?」

ダニエルはうなずき、ゆっくりと彼女を引き寄せた。「ほんとうさ」彼はかがみ、顔を傾けた。

アマンダは目をまるくした。まあ。そこには自然発生的なものがあり、〝自発性〟があった。

「これだよ」ダニエルはささやき、唇で唇に触れた。

やさしいキスだった。ほとんど唇を開かず、背中の腕は彼女を引き寄せるというよりは、ゆっくりと撫でていた。

十秒も続かなかったはずだが、欲望の狂乱がアマンダの中に生まれた。頭の中で銀色の星がにじみ、膝がくずおれそうになる。

アマンダはダニエルの肩にしがみつき、頭の中で何度も何度も静かに彼の名前を繰り返していた。

興奮に満ちた言葉がアマンダの口からもれそうになったちょうどそのとき、彼はキスをやめた。

二人は見つめ合い、長い間深い息をつきながら、体をゆらしているカップルたちの中で立ちつくした。

「これは計画になかっただろう?」とうとうダニエ

ルが尋ねた。

アマンダは彼の目の輝きをじっと見つめた。「あなたは？」

「ああ、あったとも。一週間ずっと」

「なんですって？」

ダニエルは低く笑った。「僕は立案者だよ、アマンダ。予定どおりだ」

「でも――」

「そして、注意深く立てた計画が、僕の楽しみをちょっとでも奪ったとは思わない」

アマンダは身を引いた。彼は私にキスをする計画を立てていたの？

恐ろしい考えが頭をよぎり、アマンダはしっかり立っているために彼の腕を握る手に力をこめた。

「もうほかには計画していないと言ってちょうだい」

ランタンの光にダニエルの白い歯が光った。「それには答えないほうがいいかもしれないな」

8

月曜日の朝、ダニエルのインターコムが鳴り、ナンシーの声がスピーカーから流れてきた。「ミセス・エリオットが面会にいらしています」

アマンダが？　ここに？

ダニエルは信じられなかった。

金曜日の夜のキスのあと、アマンダはとても神経質になっていたので、数日間は行動を控えようと思っていたのだ。

手の内を明かしたのは賢明ではなかったかもしれない。だが、彼女とデートがしたかったし、彼女に興味を持っていることを知っておいてもらいたかった。会えば会うほど、いっしょにいたときにどんなだったかを思い出し、あの魔法を取り戻したいと思ってしまう。

ダニエルは机から立ちあがり、ネクタイをまっすぐに直し、片手で髪をうしろに撫《な》でつけた。

「ダニエル？」またナンシーの声がした。

ダニエルはインターコムのボタンを押した。「通してくれ」

ドアが開き、彼は歓迎の笑みを顔に浮かべた。

そして笑みは消えた。

シャロンだった。

〝もう一人の〟ミセス・エリオットだ。

シャロンはずんずんとオフィスに入ってきた。身長百六十センチの痛々しいほど細い体、髪は美容室でたっぷりトリートメントを受けているのが見て取れた。青い目は活気に満ちている。彼女はうしろ手にドアを閉め、ドアはばたんと音をたてて閉まった。

ダニエルは気を引き締めた。

「あなたがなにをたくらんでいるのか知らないけれど」シャロンは怒りをこめたささやき声で言い、デスクのほうへ近づいてきた。

「たくらんでいる？」

「〈ホフマンズ〉のことよ」

ダニエルは椅子にどすんと座り、書類の山をめくった。「なにか僕にできることでもあるのかい、シャロン？」

シャロンはデスクの前に来た。「ええ、できることがあるわ。私たちの離婚同意書の条件を満たすのよ」

「今月の小切手は受け取っただろう」シャロンは数時間以内にそれを現金化していた。

「お金の話じゃないわ」金切り声をあげる。「合意について話してるの」

「なにについての合意だい？」ダニエルは目の前の手紙にサインをし、意識を市場報告書へ移した。

「朝は忙しいんだ」それに、アマンダのことを夢見ていられるときに、シャロンに意識を向けて、貴重な脳みそのスペースを無駄にしたくなかった。アマンダはランチを食べるには忙しいだろうか。

シャロンは両手をダニエルのデスクの上に置き、身を乗り出した。色を抜きすぎた短い髪で威嚇するのはむずかしかったが、彼女はベストを尽くしていた。「友人に〝私〟が〝あなた〟のもとを去ったと話すと合意したことよ」

「そうじゃないとは誰にも言っていないよ」

「言葉より行動がものを言うものなのよ、ダニエル」

ダニエルは腕時計をちらりと見た。「要点を話してくれないか？　十時にマイケルと約束があるんだ」

シャロンは歯を食いしばった。二度の金のかかった手術にもかかわらず、目元にはしわが寄っていた。

「あなたがダンスフロアで別の女性といちゃいちゃしていたら、誰も私の話を信じないでしょう」

ダニエルは胸を張った。「別の女性じゃないよ。アマンダだ」

シャロンは手をひらひらさせた。「誰であれ、あなたは――」

「それに、いちゃいちゃなんてしていない」

「彼女とは会わないで、ダニエル」

「いやだ」

シャロンの淡いブルーの目は飛び出しそうだった。

「なんですって？」

ダニエルは立ちあがり、胸の前で腕を組んだ。

「いやだと言ったんだ」

「いったい――」

「なぜなら、君と僕は離婚したんだから、僕は会いたいときに会いたい人に会う」

「合意書があるのよ」シャロンはぶつぶつ言った。

「君の評判を落とさないように、嘘《うそ》をつくことに一度は合意した。でも、それは終わったんだ。僕たちは別れたんだ。君はこれ以上、僕の人生に口出しすることはできない。わかったかい？」とくにアマンダのことに関しては。彼女のことに関しては、もう二度と誰かの指図は受けない。まあ、カランは別だが。でもそれは、カランは賢明で、たまたま彼の意見に同意したからにすぎない。

シャロンはかわいらしく口をとがらせており、その表情はほとんど魔法のように変わっていた。一度はその罠《わな》に落ちたことを思うと、ダニエルは恥ずかしかった。

「でも、ダニエル」シャロンは哀れっぽく言った。「私、恥をかいちゃうわ」

「どうして？」

「だって、みんな、あなたが私を捨てたと思うでしょう」

「評判を落としたくないなら、君もデート相手を見つけるんだな。出ていってくれ。幸せにな。みんなに君が僕を捨てたことを見せびらかせばいい」

そら涙がシャロンの目に浮かんだ。だが、ダニエルは心を動かされなかった。

ダニエルはデスクのうしろから出て、ドアへ向かった。「君は一人なんだ、シャロン。好きなようにみんなをだませばいいが、僕のことはほうっておいてくれ」

「でも、ダニエル――」

「だめだ。終わりだよ。僕たちは終わったんだ」

シャロンは姿勢を正し、胸を張った。「少なくとも、あの女を公共の目にさらさないでちょうだい」

ダニエルは歯を食いしばり、シャロンに投げつけてやりたい言葉をのみこんだ。彼はドアを開けた。

「さよなら、シャロン」

シャロンはふんと鼻を鳴らし、とがった顎を突き出し、クラッチバッグをかかえこむと、堂々と出ていった。

ダニエルは彼女のうしろでドアをきっちり閉め、デスクのうしろにゆっくり戻った。

アマンダを公共の目にさらすなだと？　とんでもない。

ダニエルはブザーでナンシーを呼び出した。「この週末に、世間の注目を浴びるような招待はなにか来ていたかな？　派手で、有力者たちが集まるようなものは？」

「彼があなたに〝キス〟をしたの？」カレンは尋ねた。セントポーリアのまわりの土を固めながら、グリーンの目を笑みで輝かせている。

カレンはサンルームで作業をしていて、道具や鉢に入れる土や肥料が目の前のテーブルの上に散らばっていた。

「私、どうかしているかしら？」アマンダはサンルームの反対側の棚に苗木のトレイを運びながら、きいた。

「元夫に恋をするなんてってこと？」

アマンダは戻りながらうめいた。「口に出して言うと、もっとひどいことに思えるわ」

「ちっともひどくないわよ。とてもすてきじゃない」カレンは言い、鮮やかな色の手袋をはずして、柳細工の椅子に座った。

電話が鳴った。

そしてまた鳴った。

カレンはセントポーリアの横に置いてあるアマンダのバッグをちらりと見た。「携帯電話の電源を入れているの？」

アマンダは飛びあがった。「あら、ごめんなさい。とめるわ」

「誰だか見てごらんなさいよ」カレンが言う。

アマンダは携帯電話を開き、ディスプレイをチェックした。胸がきゅっと締めつけられた。いい兆候ではない。「ダニエルだわ」

「出なさいよ」カレンは身を乗り出して、急《せ》かした。

アマンダは一瞬ぎゅっと目を閉じてから、通話ボタンを押した。

「アマンダ・エリオットです」

「やあ、マンディ。ダニエルだ」

アマンダは頬が熱くなるのを感じた。カレンは笑っている。「あら、ダニエル」

「ねえ、土曜日の夜は空いているかい？」

「えっと、土曜日？」

カレンは元気よくうなずいた。

「待って……」アマンダはあまり熱心だと思われたくなくて、間をおいた。なにをするのかも、どこへ行くのかもわからなかったが、もう一度あの興奮を感じたかった。「土曜日は空いてるわ」

「よかった。〈リバーサイド〉の舞踏室で美術館の資金調達のパーティがあるんだ」

〈リバーサイド〉？　私たちが初めて愛を交わしたホテルで？

アマンダは口を開けたが、声が出なかった。

「八時に迎えに行くけれど、いいかい？」

「私……あの……」

「フォーマルだよ。立派な目的のためのパーティだからね」

もちろん立派な目的だ。ダニエルはいつも立派な目的のパーティには姿を現す。どうして、ただピザを食べに行くことができないのだろう？

「アマンダ？」ダニエルはうながした。

「えっ？」

「八時でいいかい？」

「もちろん」

「よし。じゃあ、そのときに」

アマンダは携帯電話を閉じた。

「またデート？」カレンはいたずらっぽい笑みを浮かべて、きいた。

「〈リバーサイド〉で美術館の資金調達のパーティですって」

カレンは口笛を吹いた。「まあ、それはデートね」

「着ていくものがないわ」

カレンはそっけなく手を振った。「あるでしょう」

アマンダは携帯電話をバッグの中に押しこんだ。

「ないわ。ほんとうよ。クローゼットを全部チェックしたの。なにも着るものがないのよ」

「私たちが助けになれないか、考えてみましょう」

「どういう意味？」

カレンは立ちあがった。「スカーレットは自分でデザインしたものを二階に百着ほども持ってるわ」

アマンダは一歩下がった。「だめよ」

「平気よ。楽しくなるわ」カレンはアマンダの腕をつかんだ。「それで心配がなくなるのなら、なにか見つかったら、スカーレットに電話して使わせてもらいましょう」

アマンダはカレンにドアのほうへ引っ張っていかれた。

「それで、また彼にキスするつもり？」カレンがきく。

「そんなこと考えてもみなかったわ」嘘だった。金曜日以降、何日もキス、キス、さらにキスのことを夢見ている。

「じゃあ、考えなさいな」

二人は予備のベッドルームの一つに入り、カレンはウォークイン・クローゼットの両開きの扉を開けた。

「いいわ。私はここに座ってゆっくりしているから、あなたはファッションショーをしながら、元夫とのキスについて話してちょうだい」

アマンダは笑った。「短いキスだったのよ」

「でも、よかったんでしょう？」カレンは言い、アームチェアにゆったり座り、椅子とそろいの足のせ台《オットマン》に足をのせた。

アマンダは心を過去に戻した。もう千回目だ。

「よかったわ」同意する。とてもよかった。なぜ彼と結婚したかを思い出したほどよかった。

「さあ」カレンがうながす。「あの男性をセクシーなドレスでノックダウンしてやりましょう」

「うまくセクシーになれる自信がないわ」

「ばか言わないで。あなたは片手をうしろにまわしていたって、セクシーになれるわよ」

たとえなれたとしても、アマンダはそんなことをするつもりはなかった。「もしそんなセクシーな格好で行ったら、彼がなんて思うかわかるでしょう」

「なんて思うの？」

アマンダはカレンに向かって眉をひそめた。「私が……ほら……彼に興味があるって」

「あなたは彼に興味があるじゃない」

「恋人としてではないわ」

「じゃあ、なにとして？」

アマンダはブラウスを脱ぎ、ため息をついた。

「それは難問ね」

「秘密の恋人にすればいいじゃない」カレンが言う。

「秘密の関係？　ダニエルと？」

「彼とベッドをともにしたことがないってわけじゃないんだし」

アマンダは目をむいた。

カレンは笑った。「よかったんでしょう？」

「もちろん、よかったわ」アマンダはパンツを脱ぎ、ベッドの上に置いた。ダニエルとの結婚生活において、セックスは問題なかった。問題は、ダニエルの高慢な家族と、もうけたいという彼の意欲と、容赦ない主張だった。

最初のころは、二人には本物のなにかがあったのに、ダニエルがどんどん社交界の慣例の殻の中に引きこもるようになるにつれ、それがすべり落ちていった。そして、アマンダの心は傷ついた。でも、セックスは、そう、セックスは……。

「じゃあ、セックスはよかったけど、結婚はうまくいかなかったのね？」カレンがきいた。

アマンダはまたクローゼットの中へ入った。「そういうふうにも言えるわね」

「両方の世界のいいところを手に入れることもできるわよ」カレンは叫んだ。「すてきな恋人とベッドをともにして、ひどい夫とは別に暮らすの」

「それは……」アマンダは口をつぐんだ。クローゼットの扉まで戻り、カレンを見つめる。それは異常なことなのか、すばらしいアイデアなのか。

「二十一世紀なのよ」カレンが言う。

恋人としてのダニエル。でも、ただの恋人？

彼はすでに仕事についてアドバイスするのはやめると約束したから、これ以上説教に耐える必要はないだろう。でも、ほんとうに彼の強みだけを利用して、欠点を見逃すことなんてできるかしら？

「特別なドレスが必要になりそうね」カレンはわかっているわというようにウインクをして言った。

アマンダには、はっきりと指摘することはできなかったが、なにかが違うような気がした。

「私にはできないわ……」アマンダは口を開いた。

「実際のところ」カレンが言う。「あなたにはできるわ。不法ではないし、不道徳でも、不健康でもないのよ」彼女は横柄にクローゼットを指さした。

「人前でいちばん着たくないドレスから始めてちょうだい」

アマンダは上質のシルクの黒いシースドレスを着て、美術館の資金調達パーティの会場に入った。ノースリーブで、宝石の必要がないマンダリンカラーだ。歩きやすいようにうしろにスリットが入っている。前には、金色とピンク色の花模様がななめに滝のように流れている。

スカーレットがデザインした服の一つで、カレンが妥協したものだった——エレガントでありながら、軽薄すぎない服。

ヒールはアマンダがいつもはくものよりも高かったが、ダニエルのしっかりとした腕につかまっていればよかった。

飾りたてたアーチの道を通り、アマンダは華麗な花のアレンジメントとティアドロップ形をしたクリスタルがぶらさがっているシャンデリアを眺めた。天井の梁《はり》には金がちりばめられていて白く輝いている。壁に沿って置かれたテーブルは完璧《かんぺき》にセットされており、部屋の中央には円形のダンスフロアがちらりと見えた。

シンデレラの舞踏会も、この会場にはかなわないだろう。

アマンダはパトリックとメーヴを見つけた。胃が縮まり、足元がふらつく。「ご両親が来るなんて言わなかったじゃない」アマンダはダニエルにささやいた。またとんでもなく気のきかない十八歳のときに戻った気がした。

「問題でも？」ダニエルがささやき返した。

「ええ、問題よ」アマンダは怒ったようにささやく。

「どうして？」

なんて質問だろう。「ご両親が私のことを嫌っているからよ」

「ばか言うなよ」

アマンダは歩をゆるめた。ごてごてした飾り、オーケストラの音楽が、突然、閉所恐怖症を引き起こした。私はここに属していない。ここに属したことはない。

ダニエルは即座に上院議員の注意をほかへ切り替えた。「上院議員、ボブ・ソロモンを覚えているでしょう。ボブ、こっちへ来て、上院議員に挨拶しろよ」

近くで会話をしていたグループから一人の男性が離れ、上院議員と握手をした。

「ボブはニコルソン・キャンペーンを大いに支持しているんですよ」ダニエルは言った。

上院議員の笑みが広がった。

ダニエルはそっとアマンダを会話から引き離した。

「もう行こう」ダニエルは言った。

「階上《うえ》へ行きましょう」

ダニエルはアマンダを見おろした。「階上？」

アマンダは立ちどまってダニエルと向き合った。

彼女はこの瞬間が来る前に、一杯、いや二、三杯飲むつもりだったが、これ以上自分がもつとは思えなかった。

ダニエルに言って、出ていかなくては。

「ダニエル！」温かい声が轟《とどろ》き、タキシードを着た白髪の男性が手を差し出してきた。

「ウォレス上院議員」ダニエルも挨拶《あいさつ》を返した。

「チェサピークのスキャンダルは聞いているか？」ウォレスはきいた。

ダニエルは首を横に振った。「早くにテクノロジーの株式から離れたので」

「だめな会計士たちだな。弁護士より悪い」

アマンダの居心地の悪さが顔に出たのだろう、ウォレス上院議員は初めて彼女の存在に気づいた。

「誤解しないでください、レディ。私自身も弁護士なんです。でも、この成りあがり連中ときたら。私たちは経済的影響力を大企業の手に取り戻さなくてはなりません」

アマンダは歯を食いしばり、ダニエルの腕をぎゅっとつかんだ。

「告白することがあるの」

ダニエルの眉が上がった。「話してくれ」

「ここに部屋をとったのよ」

「なんだって?」

「私――」

「待って。くそっ」ダニエルはアマンダの腕をつかんで、体の向きを変えさせた。「歩きつづけて。振り返らないで」

「ご両親?」

「いや、両親じゃない。ああ、アマンダ。両親は君のことが好きだよ」

「そんなことないわ」

ダニエルは急いで角を曲がり、舞踏室から隠れた。

「誰から逃げてるの?」アマンダはきいた。

「シャロンだよ」

アマンダはまばたきしてダニエルを見た。彼の元妻から逃げてるの? どうしてシャロンから私を隠す必要があるのかしら?

「彼女は……」ダニエルは歯を食いしばった。「むずかしいから。シャロンのことは忘れて。君が部屋をとったという話に戻ろう」

アマンダの心臓はどきどきした。

「部屋をとったのかい?」ダニエルは答えをうながした。その青い目は明らかな欲望でくすぶっている。

アマンダは気合を入れるかのように息を吸った。想像していたよりもむずかしくなりそうだ。

アマンダは頭を下げ、彼の胸に焦点を合わせた。

「ねえ」ダニエルは指でアマンダの顎を持ちあげた。「君が僕を誘っているなんてありうるのかい?」

アマンダはゆっくりうなずいた。「ありうるわ」

ダニエルの顔に笑みが広がった。「わかった」

彼のてのひらがアマンダの頬を包み、キスをするために頭を下げた。

アマンダは彼を受け入れようと背伸びをした。筋肉は緊張し、全身が鬱積《うっせき》した欲求で脈打った。

　ダニエルの唇が唇に触れ、アマンダの手足はとろけた。彼はなにも言わずに口を開け、彼女のやわらかい唇を舌先で撫でた。アマンダの脈が大きく打ち、二人の体は快い熱でとけ合った。

「マンディ」ダニエルはささやき、親指で彼女の顔を撫でながら、じっと目を見つめた。

　ダニエルはふたたび彼女の唇に唇を重ねた。ヒップをつかみ、自分の高まりを知らせる。アマンダは骨が液体になってしまったように感じた。

「ダニエル」アマンダはぐずるように言った。

「ええっと」うしろから男性の声が聞こえた。

　アマンダが体をねじり、ぱっと振り向くと、上院議員とシャロンがショックを受けたように黙って見つめていた。

9

　ダニエルはこれからどうなるか、十通り以上の道を思いついた。そのどれもが悪いものだった。シャロンの命令をばかにしてやりたいとは思っていたが、この状況は思っていたのとはまったく違っていた。

　シャロンの目は花崗岩《かこうがん》のように冷たく光っていた。口は怒りで真一文字に結ばれている。

　ウォレス上院議員はちょっと楽しんでいるようだ。シングルモルトのグラスをすばやく掲げて挨拶《あいさつ》し、背を向けて立ち去った。

　一方、シャロンは前に進み出た。「気がおかしくなったの？」

　アマンダは身を引きはじめた。「私はただ――」

「どこへも行かないでくれ」ダニエルは命じ、アマンダの腰をつかむ手に力をこめた。アマンダが目を見開くと、ダニエルは穏やかな声で言った。「待っててくれないか」そしてシャロンのほうを向く。「パーティに戻るんだ」

「ありえないわね。笑いものにされるわ」

「君がそんなふうにふるまうからだよ」

「この話はもう部屋じゅうを何十回とまわっているとは思わないの？」

「三分しかたっていないよ」

シャロンは身を乗り出し、人さし指でダニエルの胸を突いた。「この場をだいなしにしたのはあなたよ、ダニエル。そして、元に戻すのもあなた」

「大げさなことを言うなよ」

「あなたは私とダンスをするのよ」

「なんだって？」

「言ったとおりよ、ダニエル。あのダンスフロアに出て、みんなに私たちが笑っておしゃべりしているところを見せるの。それでゴシップはおさまるわ」

「そんなことは――」

「あなたは私に借りがあるのよ」

「借りなんかないよ」

アマンダがまた離れようとし、今度はダニエルの手から逃れた。

ダニエルは責めなかった。誰が離婚したカップルの喧嘩《けんか》を見たいだろう？　アマンダにとっても、いやな思い出がよみがえるかもしれない。

もしアマンダとの関係を深めたいなら、シャロンとの関係を中立に保たなくてはならない。そのことにダニエルはすぐ気がついた。そして今、シャロンとの関係を中立に保つということは、彼女とダンスをすることを意味するのだ。

「わかったよ」彼はしぶしぶ吐き出すように言った。そしてアマンダのほうを見た。「ほんの一分のことだ。彫像のところで待っててくれるかい？」

「いいわ」アマンダは肩をすくめ、なんとも読み取れない表情で同意した。

シャロンはダニエルの腕をつかみ、ダニエルは彼女についてダンスフロアへ行った。

だが、見せかけだけのダンスが半分も終わらないうちに、ダニエルはアマンダを見つけた。アマンダは帰ろうとしていた。

ダニエルはこっそり悪態をつき、シャロンをほうり出して、文字どおり全速力で出口に向かった。

「アマンダ」ロビーを半分ほど横切ったところで、ダニエルは彼女の腕をつかんだ。「なにをしているんだ？」

アマンダは振り返ってダニエルをにらみつけた。

「パーティに戻ったほうがいいんじゃないの、ダニエル。ゴシップの種にされたくないんでしょう」

「僕はゴシップなんて気にしないよ」たった今、いきりたつシャロンをダンスフロアの真ん中に置いてきたのだ。ゴシップはもう流れているだろう。

「いいえ、あなたは気にするわ」アマンダが言う。

「僕はただ、彼女と別れようとしていただけだよ」

「ダンスをすることで？」

「なにがあったか見ただろう」

「ええ。なにがあったか、はっきり見たわ」

「じゃあ、わかる――」

「あなたは体裁のために、私をないがしろにしたの、しなかったの？」

「そういうことじゃないんだ」ダニエルは人がどう思おうと関係なかった。ただシャロンにうるさく言われないようにしたかっただけだ。

「こんなのは間違いだったのよ、ダニエル」

「なにが間違いだって？」

「あなたと、私と、私たち。両方の世界のいいところを手に入れられるかもしれないと思ったことよ」

ダニエルは目をしばたたいた。「両方の世界のいいところって？」

「なんでもないわ」

ドアマンがガラス戸を引き開けた。

「おやすみなさい、ダニエル」アマンダは彼の手を振りほどいた。

アマンダを肩にかつぎあげるわけにはいかなかったので、ダニエルは彼女が歩み去るのを見ているほかなかった。

「おはよう」カランが颯爽《さっそう》とダニエルのオフィスに入ってきた。「週末、母さんとデートしたんだってね」

「どこで聞いたんだ？」ダニエルは怒ったように言った。この三十六時間、アマンダをつかまえようとずっと電話をかけている。

「カレン伯母さんがスカーレットに話して、スカーレットがミスティに話したんだよ」

「この一族は噂《うわさ》話が広まるのが早いな」

カランは来客用の椅子にまたがった。「どうだった？」

ダニエルはにらみつけた。シャロンに腹を立て、アマンダに少し腹を立てていた。

僕は彼女たちのために正しいことをしたのに。

〝彼女の〟ために正しいことをしたのに。

「なんだい？」カランはダニエルの表情を見て言った。「別にくわしい話はしなくていいよ。もし母さんがカレン伯母さんに話したら、どのみち聞くことになるからね」

「週間売り上げの数字はどこだ？」

カランはたじろいだ。「ビジネスの話をしたいのかい？」

「ここはオフィスだろう？」

「でも――」

「それに、ガイ・ランディンの状況についてはどうなったんだ？」時間泥棒の問題は、この一週間ずっとダニエルの心から離れなかった。アマンダ流のビジネス管理法を採用したかったからではない――ぜんぜん違う。ただ、なにがあったのかを理解し、将来どうしたらそういったことを防げるかを知りたかった。

「時間泥棒の件かい？」カランは目を細めた。「勤務時間に母さんのことを尋ねるのは、仮病と同じだって言っているのかな？」

「どのくらいの時間、母さんの話をするかによるよ。彼を解雇したのか？」

「今日の午後、人事部とミーティングをするよ」

「おまえの直感ではどう思う？」

カランは困惑した。「直感？」

「そうだ。直感だ」

カランは間をおいた。「もう証拠となる事実をすべて知っているだろう」

証拠となる事実はすべて知っているかもしれないが、ダニエルの頭の中では、従業員のことをどれくらい知ってるの、と尋ねるアマンダの声がまだ聞こえていた。「立証できないことはどうだ？」

「意味がないよ」

「まったく？」

「ガイ・ランディンは母親を癌《がん》クリニックに連れていったと言っている」

「それはチェックしたのか？」

「チェックする理由がない」

「なぜだ？」

「家族を病院へ連れていくための規定がないから」

「じゃあ、みんな、どうするんだ？」ダニエルは勤務時間中にアマンダになにか飲もうと誘った。勤務時間中に花を注文した。もし彼女が病気なら、勤務時間中に医者へ連れていくだろう。

「なにを?」カランがきいた。

「家族が病気になったときだ。救急とか重態とか」

カランは両手を上げた。「知らないよ」

「ふむ、それは考えるべきかもしれないな。おまえはガイの母親はほんとうに病気だと思うか?」

「彼は常習的に病欠をとるわけじゃない。去年は一日だけだし、一昨年は二日だけだよ」

「やめにしよう」ダニエルは言い、ペンを取りあげてサインを待っている書類をめくった。

「でも、ミーティングが――」

「人事部とのミーティングはキャンセルしろ。彼を休ませてやれ」

「ほかの従業員はどうするんだい?」

「ほかって?」

「次に誰かの家族が病気になったときは?」

「それについては心配するな」

「売り上げ報告書を今、検討する?」

ダニエルは立ちあがり、肩をまるめた。「いや。おまえが見ておいてくれ。なにか心配しなくてはならないことがあったら、知らせてくれ」

カランも立ちあがった。「ほんとうに?」

「おまえはいい営業部長だ。そう言ったことはあったかな?」

「父さん?」

ダニエルは机をぐるりとまわって、息子の肩をたたいた。「いや。おまえはすばらしい営業部長だ」

「大丈夫?」

「実は、あまり」ダニエルはカランをドアのほうへ急《せ》かした。「でも、問題に取り組んでいるよ」

カランは父を不思議そうに見たが、おとなしく受付エリアへ出た。

カランが去ると、ダニエルはナンシーのデスクの横で立ちどまった。「ちょっとリサーチをしてくれないかな?」

ナンシーはメモとペンをとった。「もちろん」

「同じくらいの規模の企業をいくつかさがして、介護休暇制度があるかどうか調べてほしいんだ」

「介護休暇ですか？」

「病気の子供のためとか」

ナンシーはダニエルを見つめた。

「そういう休暇だ。子供が病気になったとか、両親が病院へ行くときとか」

「ガイ・ランディンの件ですか？」

ダニエルはほほえんだ。「僕が雇っただけあって、頭の回転が速いな」

「さっそく、取りかかります」ナンシーは答えた。

ダニエルは背を向け、また振り返った。「君の家族は元気かい？」

ナンシーは彼をちらりと見て、ちょっとためらった。「元気です」

「君の子供たちは……」

「サラが九歳、アダムが七歳です」

「そうか。子供たちは学校が好きかい？」

ナンシーは目をしばたたいた。「ええ」

ダニエルはうなずいた。「それはよかった」そして指の関節で彼女のデスクをとんとんとたたいてから、背を向けてオフィスへ戻った。

サラとアダムか。メモしておかないとな。

ダニエルはまた椅子に腰かけ、受話器をとった。もうアマンダのオフィスの番号は覚えてしまっていたので、直接ダイヤルした。

「アマンダ・エリオット事務所です」ジュリーが応じた。

「やあ、ジュリー。ダニエルだ」

「あなたにはつながないことになってます」

「ああ、それはわかってる」

「私を買収したい？」

ダニエルはくすくす笑った。だんだんジュリーが好きになっていった。「なにが必要だい？」

「アマンダが持ち帰ってきた、あの金色のホイルで包まれたチョコレート」

「一時間以内に君のデスクに届けるよ」

「今すぐアマンダにつなぎます」回線がかちっと鳴って、静かになった。

「アマンダ・エリオットです」

「僕だよ」

沈黙。

「今日、君のアドバイスを受け入れたよ」ダニエルは待った。

「なんのアドバイス？」

「この線ならうまくいくと思っていた。やった。

「従業員マニュアルのために、介護休暇の条項を検討するよう命じたんだ」

「命じた？」

「わかった。秘書に調べるように頼んだんだ。ところで、彼女の子供の名前はサラとアダムだよ」

「知る必要に迫られたんでしょう？」

「重要なのは、僕がそれを知ったってことだよ」

「わかったわ。その手柄は認めましょう」アマンダの声には笑みが含まれていた。

ダニエルはそのすきに飛びついた。「また僕と出かけてくれ、アマンダ」

「ダニエル――」

「どこでも君の好きなところへ。なんでも欲しいものを。君が決めてくれ」

「こんなのうまくいかないわ」

ダニエルの胸にパニックが押し寄せてきた。「わからないだろう。僕たちはなにをしているのかも、どこへ行こうとしているのかもわからないんだから。〝こんなの〟がなんなのかわからなければ、どうしてうまくいかないってわかるんだい？」

アマンダはため息をついた。「私の好きなところ、どこでもいいの?」

「ああ」

「ピクニックがいいわ。ビーチで」

「日曜日の五時だ」

アマンダはしばらくためらった。「わかったわ」

「迎えに行くよ」

「リムジンはだめよ」

「約束する」

とは言ったものの、アマンダはダニエルにリムジンを使わないことしか指定しなかった。ヘリコプターを使わないようにと言うことは考えもしなかった。

ヘリコプターが二人をナンタケットのカーマイケル家の所有地にあるヘリポートに降ろした。今カーマイケル家はロンドンにいて、ダニエルにプライベートビーチを使わせてくれたのだ。それに、どうやら彼らはスタッフもつけてくれたらしい。あるいは、
このためにダニエルが特別にスタッフを雇ったか。そこはビーチではあった。食事もあった。でも、ピクニックに似たような点はそれだけだった。

寄せる波とごつごつした崖《がけ》の間に広がる平らな砂地には、円テーブルがセッティングされていた。白いテーブルクロスがそよ風にはためき、花と、カンテラと、クリスタルと、繊細な磁器によって押さえられていた。ボーイ長が気をつけの姿勢で立っていて、諜報員《ちようほう》のようなヘッドセットをつけている。

ダニエルは詰め物をした椅子を引き、アマンダに座るよう示した。「前菜を日の入りに合わせるように頼んだんだ」

「これがピクニック?」アマンダが座ったとたん、ボーイ長が動きだした。

彼はマイクに向かってなにかつぶやき、ナプキンをアマンダの膝に広げた。

「マルガリータで始めよう」ダニエルはアマンダの

向かいに座りながら言った。

「マルガリータ？」アマンダはきいた。

「気に入ってくれるといいが。もし好きでなければ、別の――」

「大丈夫、好きよ。でも、ダニエル……」

「なんだい？」

「これはピクニックじゃないわ」

ダニエルはあたりを見まわした。「どういう意味だい？」

「ピクニックっていうのは、ブランケットの上にフライドチキンとチョコレートケーキを置いて、蟻《あり》と闘いながら――」

「蟻の部分は飛ばそう」

「紙コップで安いワインを飲んだりするのよ」

「君は意地を張っているだけだよ。ビーチでは世界じゅうの人がマルガリータを飲んでるよ」

「リゾートではね。ピクニックにミキサーは持っていかないわ。どこにコンセントがあるの？」

「誰がミキサーを持ってきたんだい？」

「そうやってマルガリータを作るんでしょう」

「家の中でバーテンダーが作るんだよ。さあ、リラックスして」

その瞬間、バーテンダーが霜でおおわれたグラスに入ったライム・マルガリータを二つ、持ってきた。少なくとも、アマンダはバーテンダーだと思った。おそらくダニエルはカクテルのためのウエイターも雇ったのだろう。

ダニエルはその男性に礼を言い、男性は下がって木の階段を上がって家に入った。

アマンダはマルガリータをすった。おいしかった。ただ、素朴な味ではなかった。

「前菜の海老《えび》のクレオール風から始めるよ」ダニエルが言った。

「私を感心させようとするのは、やめて」アマンダは、ダニエルの金が動くのを見るためにここへ来たわけではなかった。ダニエルに会うために来たのだ。

ダニエルは背もたれに寄りかかった。「これはデートだよ。どうして君を感心させようとしてはいけないんだい？」

そろそろ私は確実な存在だと彼に伝えるときなのかもしれない。アマンダは一人ほほえんだ。今夜が終わるまでに、私はほんとうのダニエルに近づくために闘い、そして彼と愛を交わすのだ。

「なんだい？」ダニエルはアマンダの笑みを見て尋ねた。

アマンダは髪を耳にかけた。「従業員マニュアルのことを考えていたのよ」

「ナンシーはすばらしいリサーチをしてくれたよ。父に提案してみるつもりだ」

「介護休暇を持ちかけるの？」

「提案するんだよ」

アマンダは酸っぱいマルガリータをすすった。

「どうして考えを変えたの？」

「従業員を人間として見ることについてかい？」

アマンダはうなずいた。

「君のおかげだよ、もちろん」

アマンダは温かい喜びを感じた。「ありがとう」

彼女は黙りこみ、目にかかる髪を払った。

「どうしたんだい？」ダニエルは尋ねた。

アマンダはかぶりを振り、笑顔をよみがえらせた。

「なんでもないわ。最高経営責任者《CEO》の競争について話して」

「どんなことを？」

「勝てそうなの？」

ダニエルは肩をすくめた。「ウェブサイトの購読が急速に伸びているんだ」

「あと四カ月あるわ」

「でも『カリスマ』誌はいつも十二月に強くてね」

アマンダはうなずき、霜のついたグラスの縁をもてあそんだ。「負けたら、がっかりする?」

ダニエルはまっすぐ彼女の目を見た。「もちろんさ。勝つためにやるんだ」

「わかってるわ。でも、エゴの面では――」

「僕にはエゴなんてないよ」

アマンダは笑った。「まあ、ダニエルったら」

ダニエルは本気で困惑しているようだった。「なんだい?」

「ジャケットを脱いで」

「なんだって?」

「聞こえたでしょう」

ダニエルが動かないので、アマンダは立ちあがって彼の椅子のほうへ歩いていった。ジャケットの襟に手を伸ばすと、嵐《あらし》雲が遠くの水平線の上でごろごろ鳴りだした。

ダニエルは身を引いた。「なにをしているんだ?」

アマンダは彼のジャケットをつかみ、引っ張って肩から脱がせようとした。「層をはぎ取っているのよ」

「層?」

「ほんとうのあなたに近づくために」

「それはもののたとえだろう。それに、僕は本物の僕だよ」

アマンダは彼の袖《そで》を引っ張った。「どうしてわかるの?」

ダニエルはとうとう降参して、ジャケットを脱いだ。「僕は生涯を通して、ずっとほんとうの僕だからだよ」

アマンダはネクタイに取りかかった。「ほんとうのあなたはなにを望んでいるの?」

ダニエルはまっすぐ彼女の目を見た。「君だよ」

いいわ。いい答えね。「仕事上でよ」

「CEOになりたい。どうしてずっと働いている会社でトップになりたいってことが、君にとっては考えられないことなんだろう？」

アマンダはネクタイの結び目をほどき、首から引き抜いた。「だって人は、あなたの家族は、四十年間あなたの目の前にものを置いて、それを求めるように洗脳しつづけているように思えるからよ」

「たとえば？」

アマンダはネクタイをテーブルに置いた。「まず第一に？　私よ」

ダニエルは彼の右を見て、次に左を見た。「家族が僕をここに追いたてたとは思わないが」

「ハイスクールのあとのことよ」

ダニエルはアマンダを膝に引き寄せた。「卒業記念ダンスパーティ《プロム》の夜は君と僕だけだったじゃないか。誰も僕に君を求めろなんて言ってないよ」

「私と結婚するように言ったわ」

「君は妊娠していただろう」

「そして、あなたに家業に戻るように言ったわ」

「僕たちには金が必要だったから」

「あなたにこの大陸に残るようにも言ったわ」

ダニエルは口を閉じた。「君のために残ったんだ」

アマンダは首を横に振った。「あなたは残るように言われたから残ったのよ。シャロンと結婚したのは誰の考え？」

「僕だよ」しかし、ダニエルはたじろぎ、そして黙った。

「CEOの地位に挑戦するのは誰の考え？」

ダニエルはアマンダを見つめた。

「あなたはなにが欲しいの、ダニエル？」

今回は雷が近くで轟《とどろ》き、暗くなってきた空に稲妻が光ると、最初の雨粒が砂を打った。

ダニエルはボーイ長のほうを振り返った。「天蓋《てんがい》を持ってこさせてくれ、カーティス」

アマンダはダニエルの膝から飛びあがった。「だめよ！」

「なんだって？」

「天蓋は、なしよ」

「どうして？」

「層よ、ダニエル」

ダニエルはアマンダを凝視した。「君は、その、臨床的に頭がおかしいのかい？」

アマンダはさらに寄りかかった。「あの男性を追いはらってくれる？」

「君と二人きりで、僕は安全なのかな？」

「たぶんね」

ダニエルはためらった。また雷鳴が崖に響き渡る。

「中に入っていいよ、カーティス。僕たちは大丈夫だ」

カーティスはうなずき、階段のほうへ向かった。

「それで、僕たちはここにとどまって、濡《ぬ》れるのかい？」ダニエルはきいた。


「ええ。人生はやっかいなものなのよ。それに慣れなくちゃ」

「ジャケットを着てもいいかい？」

「だめよ」

「君が着る？」

雨が本降りになってきて、アマンダは腕を大きく広げた。「いいえ」

「ディナーがだいなしだ」ダニエルが指摘した。

「あとでピザを注文しましょう」

「今はなにをするんだい？」

「今？」アマンダはまたダニエルの膝にのり、両腕を彼の濡れたシャツにまわし、濡れた髪をうしろに撫《な》でつけた。

これがダニエルだ。これが本物だ。これが私の待っていたものだ。

「今は」アマンダは言った。「愛を交わすのよ」

10

ダニエルはアマンダの濡《ぬ》れた髪、体に張りついたブラウス、ルーズなチノパンツを見つめた。

この瞬間を思い描いてきた。何百回と思い描いてきた。だが、そこにはいつもベッドとサテンのシーツとシャンパンがあった。「ここで？」

「ええ」アマンダは笑い、脚を蹴《け》りだした。「ここでよ」

「風邪をひくよ」

「かまわないわ」

ダニエルは入り江につながれたヨットをちらりと見た。「誰かに見られるかもしれない」

「自分の雑誌の表紙に載ることになるのがこわいの？」

「ばか言うなよ、アマンダ」

「キスして、ダニエル」

ダニエルは今このときを思い出深いものにしたかった。完璧《かんぺき》なものにしたかった。アマンダが大切にする瞬間にしたかった。「少なくとも、中に入らないか？」

アマンダは前かがみになり、彼の唇にすばやくキスをした。「ありえないわ」

彼女の唇は冷たく、湿っていて、とてもセクシーだった。

「アマンダ」ダニエルは抵抗するようにうめいた。

「今ここで、濡れて野性的に、寒くて砂だらけで、ヨットからのぞき見されるリスクを冒すのよ」アマンダはまたキスし、今回はさっきよりも長く、深く、唇でたがいを温めた。

「こんな君は記憶にないよ」ダニエルは次のキスを

始める前につぶやいた。

「ちゃんと注意を払っていなかったのよ」アマンダは彼のシャツのボタンをむしり取るようにはずした。

議論の筋道を失い、ダニエルは同じことをし返して彼女のブラウスを開いて、その下に手をすべらせた。「注意は払っていたさ」深く息を吸いこんだ。

「君の肌のすべてを細かく覚えているよ」

「すべてを?」

「ああ」

「また見たい?」

ダニエルは沖合いに浮かんでいるヨットのほうにもう一度、不安げな視線を投げた。もう暗くなってきている。テーブルクロスのひだのうしろにコートを広げれば、彼女の体はしっかり守られるだろう。

カーティスは、僕が要求しない限り、スタッフを戻ってこさせることはない。

「ああ」ダニエルはそれしかないであろう決意をして、答えた。「ああ、見たい」

アマンダは身を引き、体をずらして彼の膝にまたがった。そしてセクシーでいたずらっぽい笑みを浮かべ、ゆっくりと濡れたブラウスをはぎ取り、胸を露出させた。

稲妻が光り、白い光の中で彼女の雪花石膏《せっこう》のようになめらかな肌が輝いた。

ダニエルの世界がとまった。自分を抑えられず、前かがみになって片方の胸へ、そしてもう片方へとキスし、彼女のデリケートな肌を味わい、舌で肌触りを確かめ、その極上の瞬間を一秒、また一秒と引き延ばした。アマンダの肌は記憶どおりに甘かった。

雨粒が打ちつけ、波が浜に轟《とどろ》いた。雷は低く響いていたが、ダニエルは腕の中にいるゴージャスな女性のこと以外は忘れていた。彼女の肌はつややかに濡れていて、信じられないほどなめらかだった。

励ますようなつぶやきが彼の欲望に火をつける。

ダニエルはアマンダを抱きしめるのをやめられなかった。なんとしても愛を交わさなくては。ついに彼はアマンダをかかえて立ちあがり、しっかりと抱きしめた。アマンダは脚を彼の腰に巻きつけ、顔を彼の首にうずめ、唇で吸い、舌で彼の感じやすい肌を洗った。

ダニエルは砂浜にアマンダを立たせ、濡れたビーチにコートを広げながら、深くキスをした。

アマンダは一歩下がり、濡れた服の残りをはぎ取った。ダニエルの欲望をそそる裸体が稲妻の光でちらりと見えた——まるみをおびた胸、硬くなったピンク色の先端、平らな腹部……。

ダニエルの体のすべての筋肉が張りつめ、彼は震える手を差し伸べて彼女のヒップをつかんだ。

「すばらしいよ」彼はささやき、ゆっくりとアマンダを引き寄せた。裸の体に腕をまわすと、なまなましい欲望が彼の全身を圧倒した。暗い吹きさらしのビーチに立つ裸の女性には、信じられないほどエロチックななにかがあった。一瞬、ダニエルはなぜ今までこういうことをしなかったのだろうと思った。

そしてもどかしげに、アマンダをブランケットがわりのコートの上に横たえ、服を脱いだ。彼女に続いて横になると、二人はテーブルクロスの盾のうしろで風にさらされた。

アマンダは裸のダニエルを見てほほえみ、全身を視線で愛撫《あいぶ》した。それから手を伸ばし、指を彼の濡れた髪にからませ、顔を包みこみ、長く焼けつくようなキスを迫った。

雨粒がダニエルの熱くなった肌にあたって、実際にしゅうしゅうと音をたてるようだ。アマンダは誰よりもセクシーで、生きているなかでもっとも驚くべき女性で、彼は五秒と離れていられなかった。

ダニエルは潮風を思いきり吸いこみ、欲望の猛攻撃に対抗した。

「あなたが恋しかったわ」アマンダはささやいた。

鋼のベルトで胸を締めつけられ、ダニエルは爆発するかと思った。アマンダの顔を包みこみ、甘い唇にキスをし、彼女の味を吸いこみ、彼女の感触を大いに楽しんだ。「ああ、アマンダ、これはまさに……」

「本物?」

ダニエルはうなずいた。

アマンダの髪は濡れた砂がついてもつれ、化粧は流れ落ち、頬からは水滴がしたたり落ちていた。しかし、ダニエルはこれ以上美しい女性を見たことがなかった。波の音とともに、興奮が彼を押し流した。

「覚えているよ」

「私もよ。あなたがすばらしかったことを覚えているわ」

「僕は君が美しかったことを覚えている」

ダニエルの腕をつかむアマンダの手に力がこもった。「あなたが欲しいの。今すぐ」

ダニエルは首を横に振った。「まだだよ」これ以上求めているものはなかった。そして彼をとめるものはなにもなかったし、二人の間に割りこめるものもなにもなかった。

だが、ダニエルはまだ続けなくてはならなかった。脳にもう一度、彼女をすりこまなくては。この先、たくさんの長く寂しい夜があるだろうが、それを乗りきるための熱い思い出が欲しかった。

自分勝手なのはわかっていた。でも、そうせずにはいられなかった。アマンダの胸を包みこみ、てのひらに硬くなった先端が押しつけられるのを感じた。

アマンダはうめいた。

「好きかい?」ダニエルは尋ねた。

アマンダはうなずいた。

ダニエルは親指で胸の先端を愛撫した。彼女の指先が彼の肌の上で震えた。

アマンダの反応はダニエルの炎に油を注ぎ、彼は両手と唇を自由にさまよわせ、彼女の息づかいをあえぎ声に変え、彼女を喜ばせる能力が自分にあることに満足を覚えた。

「ああ、ダニエル」

「わかってる」ダニエルは深いキスをした。「わかってる。流れに身をまかせて」

アマンダは反応し、指をダニエルの胸に這《は》わせた。その指が彼の胸の先端を見つけ、へそ、腹へと下りていくと、彼の体をショックの波がつらぬいた。

そして彼女の冷たく小さな両手はさらに先へとさまよい、彼をつかみ、撫《な》で、急《せ》かした。

ダニエルは彼女の上で体の位置をずらした。

「今よ」アマンダはもう一度言い、手に力をこめた。

彼の反応は、喉からもれるうめき声だけだった。ダニエルは彼女の腿を押し開き、唇に、頬に、目にキスをし、注意深く少しずつ彼女の中に入った。

アマンダはあえぎながら彼の名を呼んだ。

ダニエルはもう少しで〝愛している〟と叫びそうだった。だが、それは別の機会に、別の場所でだ。

「アマンダ」ダニエルはかわりにそう言い、リズムを刻んだ。アマンダはヒップをゆらし、脚を彼の腰にしっかりと巻きつけた。

ダニエルはアマンダの胸を包みこみ、彼女は彼の肩をつかみ、爪を肌に食いこませた。頭をのけぞらせ、ぎゅっと目を閉じる。

雷が鳴り、波は二人の熱狂に砕けた。パパラッチの集団が入り江に停泊していたかもしれないが、ダニエルはまったく気にしなかった。彼女は僕のものだ。長い年月を経て、また僕のものになったのだ。

アマンダは下唇を噛《か》んだ。息づかいが荒い。ダニエルは彼女の体が弓なりになり、こわばり、身もだえするのを感じた。

ダニエルは待ちに待ち、さらに待った。

「ダニエル！」アマンダは叫び、彼は自身を解き放った。

稲妻は空をとかし、ダニエルがみずからを解き放つ力によって地面がゆれた。

すべてが終わると、二人はあえぎながら、たがいの腕の中で横たわった。ダニエルは肘で体を支えて、体温で彼女を温めていた。

ダニエルはアマンダの額にキスをし、しばらくそのままでいた。そうせずにはいられなかった。服を着て、家に入って乾かすべきだとわかっていたが、彼女を腕から放したくなかった。

アマンダはほほえんだが、目はまだ閉じていた。

「やっぱり自然発生的行為を愛してるわ」

ダニエルは彼女の頬から砂だらけの髪を払った。

「どうして僕がこれを計画していないと思ったんだい？」

アマンダはぱっと目を開けた。「していなかったでしょう」

「もちろん、していたよ」

「ダニエル、こんなのはあなたの立てる計画じゃないわ」

ダニエルはうなずいた。「そのうえ、君も計画を立てていたわけだ」

「おあいにくさま。アイデアよ」

「意味論だ」

「哲学よ」

ダニエルはくすくす笑った。「認めろよ。君の哲学は僕のとあまり違わないって」

アマンダはしわになったコートの上で肘をついて体を起こし、目を光らせた。「そう思うの？　わかったわ。哲学について話しましょう。もう一度、なぜ最高経営責任者になりたいのか話してくれる？」

ダニエルは自分のシャツを手さぐりし、片手で振って広げると、アマンダにかけた。「角部屋のオフィスだよ」

「もうすでに角部屋のオフィスを持ってるじゃないの」

「ああ。でも、それは二十三階にあるんだ」

「弱いわ、ダニエル。とても弱いわね」

「君は実際よりも事を大きくしているよ」

　アマンダはかぶりを振った。「そんなことないわ。お父様がCEOの仕事につくために闘うよう、あなたに言ったのよ」

「僕は〝僕が〟望むから闘っているんだよ。誰かに望めと言われたからじゃない」だが、議論をしてみても、そこには欠陥があるような気がした。

　父が挑戦してみるよう言う前に、CEOになることを考えたことがあっただろうか？　三人のきょうだいといっしょにすぐに飛びついたが、その決意を分析するために立ちどまったことはなかった。

　アマンダはダニエルへの異議申し立てを続けた。「誰かに提案されたこと以外で、あなたが最後に大志を抱いたことについて話して」

　ダニエルはアマンダの真剣な顔をじっと見た。

「従業員マニュアルを変更すること」

　アマンダはぶうっと否定的な音をたてた。「それは私のアイデアよ」

「明確に、そういうわけじゃないだろう」

「でも、だいたいはそうよ。卒業記念ダンスパーティ《プロム》の夜のことを覚えている？」

　ダニエルは自分のシャツをしっかりと彼女に巻きつけた。「細かいことまでね」

「アドベンチャー雑誌の計画については？」

「もちろん」

　アマンダがダニエルの腕の隆起に沿って指先を走らせると、突然、彼の体は熱を持った。「あれはあなただったわ、ダニエル。あれは〝まるごと〟あなただった。あのことはどうなったの？」なんておかしな質問だろう。「ブライアンができたじゃないか。それに〝君〟が現れた」

「もしあの計画を実行していたら、今自分はどこにいるだろうって考えたりする？」

ダニエルの視線はアマンダの頭の上を通り越し、真っ暗な崖《がけ》と大邸宅のかすかな明かりへと移った。

「ないよ」嘘《うそ》をついた。

「一度も？」

ダニエルは肩をすくめた。「要点はなんだい？」

アマンダは体をまるめて座り、彼のシャツは彼女の膝に落ちた。「すべてが要点よ。私は、もしあなたのお父様に〝とっとと行って〟と言っていたら、どうなっただろうっていつも思うの」

「どこへ行くんだい？」

アマンダは濡れた髪をうしろに払った。「わかるでしょう。彼に消えてもらうの。ブライアンのことで裁判所へ行って、あなたをアフリカか中東へ送りこんでいれば」

ダニエルは心の奥底で寒気がした。裁判所へ行くだって？

「彼は、はったりをかましていたのかもしれないわ」アマンダは遠い目をし、ダニエルも体を起こして座った。

不安感が全身にしみこんできた。「はったりって、どんなふうな？」

アマンダは下唇を噛み、もの悲しい無防備さを目に浮かべた。「裁判官は赤ん坊を母親から奪ったと思う？　当時でも？」

ダニエルの喉がからからに渇いた。かぶりを振り、我が耳を疑った。「父は君からブライアンを取りあげると脅したのかい？」彼はかすれた声で言った。

「ええ……」アマンダのコーヒー色の目の色が暗くなった。ちらりとダニエルを見る。「あなたは――」

ダニエルはぱっと立ちあがり、砂浜へゆっくりと歩いていき、踵《きびす》を返すと、片手で濡れた髪を梳《と》いた。「父が君からブライアンを取りあげると脅しただって？」

アマンダは立ちあがった。「もう昔の話よ。私はあなたが……」

ダニエルは両のこぶしを握り、全身の筋肉をこわばらせた。「僕が知っていると思っていたのかい？」

アマンダはうなずいた。そしてかぶりを振った。「ごめんなさい。こんな話、持ち出すべきじゃなかったわ。あなたの言うとおりよ。もしもについて議論しても無意味だわ」

突然、ダニエルはアマンダは正しいとわかった。父は想像していたよりもずっと狡猾《こうかつ》なのだ。ほかにはなにをしたのだろう？　エリオット家の中で、どれだけの操作が行われているのだろう？

僕はCEOになりたいのか？　CEOになるのに抵抗する気持ちはなにもない。でも、CEOは、すべての努力、すべてのエネルギー、すべての時間を費やしても、なりたいものなのか？

今、答えが出せる質問ではないし、アマンダがビーチで震えているかたわらで、じっくり考えるつもりもなかった。

ダニエルは罪を清めるようなため息をつき、アマンダのほうへ向かった。「あやまるのは僕のほうだよ」そう言って、やさしく彼女を腕の中に引き寄せた。「父はそんなことをするべきじゃなかった。君が脅されていたなんて思ってもみなかったよ」

アマンダはダニエルの腕の中で震えた。「もう昔の話よ」

ダニエルは彼女の頭の上でうなずき、砂だらけの髪にキスをした。「昔の話だ」

アマンダは顎を上げて彼を見あげた。「またいつか、自然発生的行為ができるかしら？」「いつでも、どこででも」

ダニエルは彼女の髪を撫でた。

アマンダの唇は弧を描き、最高の笑みを作った。

月曜日の八時、ダニエルは歯を食いしばりながら二十三階を横切り、父のオフィスへ向かった。昨夜立ち向かうこともできたが、母の前ではしたくなかった。

「おはようございます、ダニエル」父の秘書が挨拶《あいさつ》をした。

「父に会いたいんだが」ダニエルは言った。「今すぐ」

「それは無理です」

「僕の表情をよく見てくれ。今すぐだ」

ミセス・ビトンは鼻先まで眼鏡を下ろした。「私の表情をよく見てください」

いつもならダニエルはミセス・ビトンをこわがるのだが、今日は違った。

「父を引っ張り出してくれ」ダニエルは言った。

「彼はテキサスの九千メートル上空ですよ」

ダニエルは間をおいた。「いつ戻るんだ？」

「二時にここに戻られます。でも、アート・ディレクターとのミーティングがあります」

「予定を変更してくれ」

「ダニエル――」

「僕の目を見て、ミセス・ビトン」

彼女は間をおいた。「二時半に延期することならできます」

ダニエルはきっぱりうなずいた。「じゅうぶんだ」

ビーチから戻って、まだ十二時間しかたっていないことはわかっていた。でも、ダニエルはいつでも、どこででもと言った。それに、くさびを打ちこんでドアにすき間を開けたのだから、きびしく統制された小さな世界から彼を引きずり出してみせるとアマンダは心を決めた。

彼女はナンシーのデスクの前で立ちどまり、〈バスター・バーガーズ〉の紙袋を持ちあげた。「彼はいる?」

ナンシーの目が輝き、唇は驚きの笑みで弧を描いた。彼女はインターコムのボタンを押した。「ミセス・エリオットがいらしています」

一瞬の沈黙。「ああ」ダニエルの声はぶっきらぼうだった。

アマンダはためらったが、ナンシーが手をひらひらさせてドアのほうへ追いやった。「心配しないで。今朝はぴりぴりしているんです。元気づけてあげてください」

アマンダはオフィスへ向かった。元気づけてあげられるといいけれど。ドアからすべりこみ、うしろ手で鍵《かぎ》をかけた。

ダニエルはデスクから顔を上げた。目を見開き、息をのむ。「アマンダ?」

「誰だと思ったの?」

ダニエルはかぶりを振って立ちあがった。「誰でも。なんでもないよ」広く、ありがたいことに、なにものっていないデスクをぐるりとまわった。「来てくれてうれしいよ」

「よかった。ランチを持ってきたの」

ダニエルは紙袋を見おろし、眉を上げた。「〈バスター・バーガーズ〉?」

「食べたことある?」

「あるとは言えないな」

アマンダは紙袋を彼のデスクの上に置いた。「最高よ」

ダニエルの視線はアマンダを通り越してさまよった。「ドアの鍵をかけたのかい?」

アマンダは彼ににじり寄った。「ドアの鍵は閉めたわ」彼のシルバーのシルクのネクタイに指先をすべらせる。「あなたは、いつでも、どこででもって言ったわよね」

ダニエルは口をあんぐり開け、両手で彼女の手を包みこんで、なだめた。「アマンダ」

アマンダはにっこりした。「今がいつでもよ。ここがどこでもよ。そして私は自然発生的行為のためにここにいるの」

「ああ、そうだね」

アマンダはかぶりを振り、手を振りほどくと、ダニエルのネクタイの結び目をほどきにかかった。

「気がふれたのかい？」

「いいえ」

「もし誰かが――」

「ナンシーをちょっとは信じたら」

「でも――」

アマンダは唇の縁に舌を這わせ、彼の青い目の奥底を見つめた。「あなたが私のオフィスに初めて来たときから、ずっとあなたとデスクの上でしてみたかったの」

ダニエルは顎を動かしたが、声は出なかった。

アマンダはネクタイを引き抜き、ボタンをはずしはじめた。

「先にバーガーを食べたい？」アマンダはきき、前かがみになって、彼の胸に熱く湿ったキスをした。

「それとも、私が欲しい？」

ダニエルはなかばうめくような、なかば悪態をつくような声をもらし、アマンダの腰のまわりにしっかりと腕を巻きつけた。髪にキスをし、何度も何度も彼女の名前をつぶやく。

「すばやくできるわ」アマンダは保証し、靴を蹴って脱いだ。「スカートの下には、なにもないの」

ダニエルは頭を下げて、彼女の唇にキスをした。

アマンダは大きく口を開いた。欲望が体にあふれる。ダニエルのシャツを脱がせ、指先で熱い肌の感触を楽しんだ。

ダニエルはアマンダを抱きしめ、片手で彼女の腿を撫であげた。

むきだしのヒップにたどり着くと、彼はうめいた。それからアマンダのほうを向き、デスクの上に抱きあげ、キスをやめることなくスカートを押しあげた。

「でも、今はちょっと忙しいんだ」ダニエルの指先は彼女の脚の間へと進み、くすぐり、からかい、じらした。「それに、今がそのときなのか、その場所なのか、よくわからない――」

「私をもてあそばないで」アマンダは前に出て、彼がさらに先までさぐるよう、うながした。

「君は僕をもてあそんでいないのかい?」

「あなたのためよ」アマンダはあえぎ、手を伸ばして彼の手を自分に押しつけた。

ダニエルは落ち着きを取り戻し、次に膝をついた。「僕のため?」彼女の内腿に軽い羽根のようなキスをする。

アマンダはのけぞって肘で体を支えた。「そうね、この部分は私のためだわ」彼女の筋肉はとろけはじめた。

ダニエルはくすくす笑い、どんどん上に上がっていった。彼の声が彼女のやわらかい肌を震わせた。「これに反対する会社の規則があると思うんだが」

「やめたら承知しないわよ」

アマンダは舞いあがり、飛び、頂上に達し……。そして彼がなにをしているかに気づいて、身を引いた。

「どうした?」ダニエルが顔を上げた。

「ううん」アマンダはまっすぐ座り、彼の肩をつかんで引きあげた。アマンダは彼のスラックスのボタンに手をかけた。

ダニエルは彼女の手をつかんでとめた。

だが、アマンダは布地の上からダニエルを愛撫し、彼は空いているほうの手でデスクの端をつかみ、うめいた。

「あなたは私のものよ、ダニエル」アマンダは断言した。

彼女はボタンをはずした。ファスナーをすっと下ろし、焼けつくように熱い肌に手を触れた。

「アマンダ――」

「デスクの上でよ、ダニエル」アマンダは喉を鳴らすように言った。

彼女は身を乗り出し、彼を引き寄せ、自分の中へと導いた。

ダニエルはアマンダがどう見えるか、どんな感触か、どんな味かをささやいた。アマンダは彼の言葉、感触、においに喜びを感じた。

緊張が高まるにつれ、アマンダは時間の感覚を失い、部屋がぐるぐるまわった。気がふれたかのように彼の口にキスをし、舌をからませた。ダニエルは彼女の名前をうめくように言い、彼女の肌に指を食いこませ、激しく体を押しつけた。

興奮が花火のように広がり、アマンダは世界の端からすべり落ちた。彼女の体は何度も何度も収縮した。

二人の鼓動がやっと落ち着いたときには、ダニエルの両手はアマンダの髪にからまっていた。彼はやさしくこめかみにキスをし、指の関節で頬を撫でた。

「自然発生的行為が好きになってきたみたいだ」彼はささやいた。

「あなたがその言葉にまったく新しい意味を与えたのよ」アマンダは認めた。

ダニエルは胸をふくらませた。

「ハンバーガーを食べる?」アマンダはきいた。

ダニエルは喉の奥で笑い、彼女を抱きしめた。

「ドアを抜けたところにバスルームがある」彼は指さした。「身づくろいしたいなら」

アマンダは彼の唇にキスをした。「ええ」

ダニエルはキスを返した。「わかった」

アマンダはまたキスをした。「コーラを好きだといいけど」

ダニエルもキスをした。「もちろん」

アマンダは今度は長いキスをした。「もう一度する時間はないわよね?」

「ないよ。ハンバーガーを食べよう」

「ハンバーガーを逃したくないのね」

ダニエルは一歩下がり、アマンダはデスクからすべりおりた。

アマンダが顔を洗い、髪を梳かしていると、ダニエルがランチを広げる音が聞こえてきた。

オフィスに戻る途中、アマンダは来客用の椅子の背にぶらさがっていた彼のネクタイをとり、首に結んだ。

ダニエルはアマンダにハンバーガーを手渡し、彼女の横に来客用の椅子を持ってきた。

「悪くないね」一口食べて言う。

「選択を間違ったかしら?」アマンダがパラフィン紙を広げると、紙がかさかさ鳴った。

「そんなことないよ。どこで買ったんだい?」

「道路の向かい。全国チェーンよ。知ってるでしょう?」

「ほんとうに?」

アマンダはかぶりを振り、軽く笑った。「外にはあなたの知らない世界がいっぱいあるわよ」

ダニエルは食べるのをやめ、真剣に彼女を見つめた。「君が僕にそれを見せてくれるのかい?」

アマンダは罪の意識を感じた。彼は考えを変えつつある。喜んで妥協し、新しい経験をしようとしている。でも、アマンダはまだ譲歩していなかった。

父親が策略に長《た》けた天才であることは、ダニエルのせいではない。どの親族よりも、ダニエルは独立しようとしてきた。そしてブライアンが自由になることに成功した唯一のエリオット家の人間である事実は、ダニエルのおかげでもあった。

アマンダはごくりと唾《つば》をのみ、決意した。「私にあなたの世界を見せてくれるならね」

ダニエルは包み紙をくしゃくしゃにし、ごみ箱に投げ入れた。「まずなにを見たい？　パリ？　ローマ？　シドニー？」

「メトロポリタン歌劇場のようなものを考えていたのよ」

「そこにはもう行ったことがあるだろう」

「でも、あなたはもっといいチケットがとれるでしょう」

「『ラ・ボエーム』を見て、そのあとピザかい？」

アマンダは笑い、立ちあがって、包み紙をごみ箱に捨てた。「一時に約束があるの」

ダニエルは彼女の前へ行き、軽く唇にキスをして、ネクタイに手を伸ばした。

「だめよ」アマンダは首を横に振り、ネクタイをしっかりと握った。「おみやげよ」

「わかった」ダニエルはあっさりと同意した。

アマンダがバッグをとって、コーラの最後の一口を飲んでいる間に、ダニエルはデスクのほうへ行った。引き出しを開け、別のネクタイを引っ張り出す。

アマンダは紙コップをごみ箱に入れ、彼のあとを追った。二本目のネクタイを奪う。

「おい！」

「ネクタイはなしよ」

ダニエルはつかもうとしたが、アマンダはあとずさりした。

「ネクタイはなしって、どういうことだい？」

アマンダは二本目も首に結んだ。「自然発生的行為のために支払わなくちゃならない代償よ」

「ナンシーになにがあったか、ばれるよ」

アマンダはにっこりした。「ええ、そうね」

ダニエルはアマンダのほうへ一歩踏み出した。

「アマンダ――」

「電話してね」アマンダはさっとドアから駆け出していった。

11

きっちり二時に、ダニエルは父のオフィスへ歩いていった。アマンダと愛を交わすことで、怒りの勢いが奪われていた。アマンダと愛を交わすことで、すべての勢いが奪われていた。

だが、アマンダと愛を交わすことは、身ごもっているおびえたティーンエイジャーを父がいかに残酷に扱ったかをふたたび思い出させてもくれた。

「父はいるかい？」ダニエルはほとんど立ちどまらずにミセス・ビトンにきいた。

「お待ちです」彼女は答えた。

ダニエルはドアを大きく開け、うしろ手にばたんと閉めた。

父はサインをしている書類から顔を上げなかった。

「なにか問題でもあるのかね?」

ダニエルは怒りを抑えるのに苦労しながら、数歩オフィスの中へ入った。「ああ、ちょっと問題があってね」

父は顔を上げた。「なにがあったんだ?」

「父さんはアマンダを脅迫したんだな」

父はひるまなかった。「この十六年間で、彼女とは三語しか話していない」

ダニエルはまた二歩進んだ。「ブライアンを取りあげると脅したんだろう」声が大きくなり、震えそうだった。「どうしてそんなことができたんだ? 彼女は十八歳で、身ごもっていて、無防備だったのに」

父はペンを置いて、姿勢を正した。「家族にとって最善だと思うことをしたまでだ」

ダニエルは両のてのひらでデスクを強くたたいた。

「父さんにとっては最善だろう、たしかに。家族にとっても、もしかしたら。でも、アマンダにとっては? そうじゃないだろう」

「私にはアマンダに対する責任はない」

「アマンダは僕の妻だ!」ダニエルは叫んだ。

「妻〝だった〟だろう」

ダニエルは歯を食いしばり、息を吸いこんだ。

父は立ちあがった。「昔の話だよ、ダニエル。それに私にはミーティングがあるんでね」

「まだ話は終わっていない」

父はデスクをぐるりとまわってきた。「この話は間違いなく終わりだし、おまえはまだ仕事があるだけでも幸運だよ」

ダニエルは横に移動し、父が出ていくのをさえぎり、胸の前で腕を組んだ。「アマンダにあやまってくれ」

父の目が光り、顎の筋肉が動いた。「アマンダは自分で選んだんだ」

「選択肢を与えなかっただろう」

「彼女はおまえと関係を持つことを選んだ」

「あの夜、なにが起こったのか、父さんはなにも知らないくせに」

「合意のうえではなかったと言うのか？」

ダニエルの頭の中でなにかが爆発した。こぶしを固め、上体をかがめる。「僕が彼女をレイプしたとでも？」

「そうなのか？」

「まさか！　もちろん違うさ！」

「じゃあ、彼女は選んだんだ。そして赤ん坊ができた。〝エリオット家の〟赤ん坊だ。私は家族を守った。この問題について言いたいことはそれだけだ」

「父さんは間違っている」

父は長い間見つめ返したが、やがてオフィスを出ていった。


アマンダはまばたきし、オフィスの戸口に立っているのがほんとうにシャロン・エリオットであることを確かめた。

「驚かせたかしら」シャロンはありえないほど高いヒールの靴をはき、黒のデニムのスカートと、白と黒の丈の短いセーターを着て、ぶらぶらとオフィスに入ってきた。髪はうしろでうまく一つにまとめていて、化粧は服と同じくらい大胆だった。

ジュリーはシャロンのうしろで顔をしかめ、ドアを引いて閉めた。

アマンダは案件ファイルを閉じて立ちあがった。

「なにかお力になれることでも？」

「実は、私があなたの力になりに来たのよ」シャロンは深紅の唇に笑みを浮かべ、来客用椅子に座り、わきのスペースにバッグを押しこんだ。

「あら、ありがとう」アマンダは言って、椅子に座った。

シャロンはティアドロップ形のダイヤモンドのイヤリングをゆらしながら、身を乗り出した。手を組むと、宝石をはめこんだ指輪が輝いた。

シャロンはバッグに手を伸ばし、留め金をはずして開け、折りたたんだ紙を取り出した。「失礼ながら、可能性のある男性のリストを持ってきたの」

「なんのための？」アマンダはきいた。

「デートのためよ」シャロンは答えた。紙を開き、女どうしのここだけの話よといった笑みを浮かべる。「みんなハンサムで、知的で、独り者で、もっとも重要なことだけど、お金持ちよ」

シャロンはアマンダにその紙を差し出した。

アマンダは用心深く受け取った。「私にあなたのデート相手のリストを見せてくれるの？」

シャロンは首をかしげた。オフィスに笑い声が響く。「私の相手じゃないわ。あなたのよ」

アマンダは紙を落とした。「なんですって？」

シャロンはかぶりを振った。「ハニー、ダニエルは二度とあなたのものにはならないわ。これは彼を捨てた一人の妻からもう一人の妻への贈り物だと思って」

ああ。これで納得がいったわ。「あなたは彼を取り戻したいのね？」

「私が？」シャロンはまた笑った。ほんとうに愛らしい笑いだった。きっといつも男性をすっかり虜《とりこ》にするのだろう。「私は彼を取り戻そうとなんてしていないわ。いったん、パトリックに見放されたら、もうそれっきりよ」

それは事実だろう、とアマンダは思った。

「さあ、このリストに戻りましょう」シャロンは立ちあがって、リストを反対側から読むように身を乗り出す。「ジョルジオはすてきよ、あまり背は高くないけど、身なりがとてもきちんとしているの。公園を見おろすペントハウスを持っていて――」

「ありがとう」アマンダは言い、リストをまた折りたたんだ。「でも、私はもうデートの相手はさがしていないの」

シャロンは姿勢を正し、口を少女のようにとがらせた。「だけど――」

「悪いけど、忙しいのよ」アマンダはリストを差し出した。

シャロンは受け取らなかった。「あなたはダニエルとデートしているでしょう」

「そういうわけじゃないわ」ダニエルと体の関係を持っているだけよ。二人の関係はそれ以上にはならないわ。でも、シャロンはある一点については正しい。ダニエルを手に入れるためには、まずパトリックが必要だ。

ドアが開き、ジュリーが頭を突き出した。「アマンダ？」

アマンダは受付係にキスをしたいほどだった。「面会の方がお見えです」ジュリーは実際、あわてているようだった。

アマンダはそれが誰であってもよかった。シャロンをオフィスから追い出せるのなら。

アマンダはリストをシャロンの手の中に突っこんだ。「来てくれてありがとう」

ジュリーはドアを広く開けた。

シャロンはアマンダを見て、ジュリーを見た。一瞬アマンダは、シャロンが帰らないと言うのではないかと思った。でも、シャロンは歯を食いしばり、できるだけ背筋を伸ばして立ちあがり、ゆっくり大股にドアへ向かった。

突然、シャロンは戸口で立ちどまり、振り返ってアマンダを見た。「あなたを見くびっていたようね」

アマンダがその短いメッセージを読み解く前にシャロンは消え、そしてパトリック・エリオットその人がオフィスに入ってきた。

「アマンダ」パトリックはそっけなく会釈した。彼のうしろでドアが閉まった。

「ミスター・エリオット」アマンダは会釈し返したが、胃は背骨につきそうなほどこわばった。最後に彼と二人きりになったのがいつだったか思い出せない。

「パトリックと呼んでくれ」

「わかりました」アマンダはさらに落ち着きを失った。

パトリックは来客用の椅子のほうを手で示した。

「座ってもいいかな？」

「もちろんです」

パトリックは動かない。アマンダは彼女が先に座るのを彼が待っているのだと気づいた。椅子に腰かけ、こっそりとスラックスで湿ったてのひらをふく。

そしてパトリックが座った。「要点を話そう。息子が君にあやまれと言うんだ」

アマンダは口を開いた。だが、パトリックの言葉を理解し、すぐにまた閉じた。アマンダは何十年もの間、自分がおびえてきた男性を黙って見つめた。

「私はダニエルとは意見が違う」パトリックは続けた。「すまないとは思っていない」

アマンダは息を吐き出した。

いいわ、やっと彼らしくなった。髪は真っ白になったかもしれないし、顎の線はまるみをおびたかもしれない。でも、アイスブルーの目はかつてなく鋭い。私のオフィスに来て、帽子を片手にあやまるなんて、もっともありえないことだ。

「ブライアンを家族の一員としてとどめていることも、すまないとは思わない」パトリックは続けた。「それに、メーヴのために孫を確保したことも、すまないとは思わない。だが……」彼は間をおき、青い目をほんの少しだけやわらげた。「君の最大の関心事を心にかけなかったことについては、すまなかったと思う」

アマンダは小さく首を振った。耳が魔法にかかったに違いない。あのパトリック・エリオットがあやまったの？

パトリックの口角が上がった。だが、笑みというよりはしかめっ面に見えた。

「昔の話です」アマンダは言い、今さらながら彼に礼を言うべきだったと気づいた。たぶん。こういう場合、どうするのが適切なエチケットなのだろう？

パトリックはうなずいた。「昔の話だ。でも、ダニエルは正しい。君は一人ぼっちでおびえていて、私はそれを利用したんだ」そして両手を上げる。

「とにかく当時の私は巻き添え被害といったものについて正しい認識を持っていなかった」

アマンダの背筋が少しこわばった。「それが私に対する思いやりですか？　巻き添え被害？」

人間はこんなに長い年月、魂がないままに、ほんとうに生きて息をしていられるものなのだろうか？

「君の置かれた環境を考えると……不幸だった」

「それでも、あなたは神のようにふるまったんですね」パトリックの謝罪にもかかわらず、積年の怒りがアマンダの内に押し寄せた。

「私は自分を神だとは思っていない」パトリックは立ちあがった。「このミーティングはおしまいだ」

「私は真剣です、パトリック」このままにはできない。アマンダは心の奥底でわかっていた。これがダニエルを、もしかしたらカランとブライアンを救う唯一のチャンスだと。「やめるべきです」

パトリックは眉をひそめた。「なにをやめるんだね？」

「がっちりと家族にしがみついていることです」

「君は聞いていないんだろう。私は最高経営責任者《CEO》から降りるんだ」

アマンダはあざけるように笑った。「あなたの感情的チェスゲームの中で、彼らを駒《こま》にしておいてですか」

「君は私がそんなことをしていると思っているのかね？」

「違いますか？」

二人はしばらくの間黙って見つめ合った。

「はばかりながら、アマンダ、君に説明する必要はない」

「そうですね。必要ありません。でも、いずれダニエルに説明しなくてはならなくなります」アマンダはかぶりを振った。「いつか彼は目を覚まします。いつか彼はあなたがどんな人間かを理解します」

「それが今日だったと思うが」

「では、私の言っている意味がおわかりになるはずです」

パトリックは長い間考えていた。「いや。でも、ほかのことがわかった気がするよ」

アマンダは待った。

「君がダニエルにとってなんなのかがわかった」

アマンダはたじろいだ。「なんですって？」彼は私たちの関係を知ってるの？

パトリックは来客用の椅子の背にこぶしをすべらせた。「私の過ちは君を息子と結婚させたことではないようだ。私の過ちは君と息子を離婚させたことだよ」

「私――」

「ダニエルはまだ君を必要としているよ、アマンダ」パトリックは抜け目のない笑みを浮かべた。それはしかめっ面よりずっとこわかった。

「やめてください、パトリック」

「いや、アマンダ、やめるつもりはないよ。じゃあ」

12

ダニエルは、勇気を出すには、少なくともセントラルパークを一周する必要があると思った。二人にはチャンスがあるとアマンダを説得するには、もう一周必要かもしれない。

三カラットのダイヤモンドの指輪をポケットに入れ、馬車の座席の下にそっと隠しておいたシャンパンを再確認した。

決まった時間にアマンダを公園の入り口に連れ出すためには、ジュリーが喜んで共犯者になってくれた。ジュリーがどんな方法を使ったのか知らないが、すでにジュリーとアマンダが六十七丁目の通りを歩いてくるのが見えた。

ダニエルはネクタイを直し、胸ポケットの四角いふくらみをぽんぽんとたたき、込み合う歩道に沿って彼女たちのほうへ歩きだした。

「アマンダ」ダニエルは挨拶《あいさつ》した。

「ダニエル？」

「じゃあね」ジュリーは言い、さっと人込みにまぎれていった。

アマンダはジュリーの声のほうを振り返った。

「なにを――」

「彼女はなにかすることがあるんだよ」ダニエルは言い、アマンダの腕をとって観光客の集団を避けるように引っ張った。

アマンダははずむように歩を運んでダニエルのペースに合わせ、首を伸ばした。「靴をいっしょに見てほしいって言っていたのに」

「気が変わったんだよ」ダニエルは手をすべりおろし、アマンダの手を握った。

アマンダは半信半疑で目をしばたたきながら彼を見あげた。「あなたはどこから来たの？」

ダニエルは肩ごしに親指で指し示した。「公園だよ」

「ウォーキングでもしていたの？」

ダニエルはうなずいた。そういうことにしておくのがよさそうだ。

二人を避けて通っていく人々を無視し、ダニエルはアマンダを見おろして、声を落とした。

「会いたかった」ダニエルは彼女の手をぎゅっと握った。

アマンダの表情はリラックスしていて、コーヒー色の目はいたずらっぽく輝いていた。「またオフィスへ行ってもいいわよ」

ダニエルは体を寄せた。「別のネクタイを買うよ」

アマンダはにっこりした。ダニエルも笑顔を返し、クリスマスの朝の子供のように有頂天になった。

彼女は結婚に同意してくれるだろう。いや、同意しなくてはならない。そして毎晩、愛を交わし、毎朝いっしょに目覚め、孫を訪ね、ともに年を重ねるのだ。ダニエルは彼女の手を持ちあげ、指の関節にキスをした。

ダニエルは突然、アマンダとともに年を重ねること以上にしたいことはなくなった。

まあ、ほかにももう一つある。だが、それについては、結婚してくれるよう彼女を説得してから話し合えるだろう。アマンダは僕の転職を支持してくれるだろう。ダニエルはそう感じていた。

「それとも、私のオフィスに来てもいいわよ」アマンダはつないだ手を自分の唇のほうに引き寄せ、キスを返した。「空想していたんだけど……」

「今は」ダニエルは身を引き、未来の愛の行為よりもプロポーズに集中しようと努めた。「僕自身のちょっとした空想があるんだ」

「セクシーなもの？」

「それよりいいものだよ。自発的なものだ」

アマンダは片方の眉を上げた。

「来て」ダニエルは歩行者の波をすり抜けてアマンダを公園の中へ引っ張っていった。

彼は予約しておいた馬車の隣でとまった。

「乗って」アマンダに言う。

「これがあなたの空想？」

「うるさいことを言うつもりかい？」

アマンダは首を横に振った。「いいえ、もちろん、そんなことはないわ」

「じゃあ、乗って」ダニエルは手を差し出した。

アマンダはステップに片足をかけて、馬車に乗りこんだ。

ダニエルもあとに続き、ドアを閉めて、御者に出発の合図を送った。

馬の蹄《ひづめ》の音が舗道に響いた。夕闇《ゆうやみ》が街をおおいつつあり、摩天楼の光が空を照らしはじめた。通りかかった〈タヴァーン・オン・ザ・グリーン〉のまわりの木々はライトアップされている。

ダニエルは座席の背に腕を伸ばした。

アマンダは彼の肩に頭をのせた。

ダニエルは、アマンダの呼吸に合わせて胸が上下するのを感じた。突然、世界は完璧《かんぺき》なものに思えた。

彼女の頭のてっぺんにキスをし、膝の上で手を握った。

ダニエルはアマンダに質問したかったが、まずはこの馬車でのドライブを永遠に続けたかった。

「シャンパンを飲むかい？」ダニエルはアマンダの髪に口を寄せたまま言った。

アマンダは姿勢を正した。「どこでシャンパンを手に入れるの？」

ダニエルは眉を動かし、膝掛けをわきに押しやると、クーラーを見せた。蓋《ふた》を開けて、ローランペリエのボトルと細長いグラスを二つ取り出した。

「自然発生的行為?」アマンダは眉を上げてきいた。

「今朝、思いついたんだ」

アマンダはかぶりを振ったが、笑顔は美しかった。

「〝なにか〟を計画するのがそんなに嫌いなのかい?」

「オプションの幅を広げておくのが好きなのよ」

ダニエルはアマンダにグラスを渡し、コルクを押さえているワイヤをねじった。

「僕のこともオプションの一つと考えてほしいな」

ダニエルは言い、親指でコルクをぽんと抜いた。

シャンパンの泡がボトルからあふれ、アマンダは笑った。

「今夜はオプションだ」ダニエルは泡立つ液体をグラスにつぎながら言った。「そして毎晩がオプションだ」

アマンダは困惑して口をすぼめた。

「アマンダ」ダニエルは深呼吸し、片膝をつくべきだろうかと考えた。そうするのが正式だろう。だが、アマンダは正式なことをするオプションにうっとりするタイプではない。

「なに?」アマンダはうながした。

「この数週間……いっしょにいたわけだけど」ダニエルは息をついた。「僕にとってはとても大きな意味があった」

アマンダは恥ずかしそうな笑みを浮かべた。「私にとってもとても大きな意味があったわ」

「いろいろなことを覚えている」ダニエルは黒っぽい木々とその向こうの街の光へと視線をそらした。

「何年も感じていなかったことを感じたよ」彼はまたアマンダの目を見た。「僕の君への思いはうもれていたけれど、変わっていないことに気づいた」

「ダニエル――」

ダニエルは彼女の唇に指をあてた。「しいっ」

彼はゆっくりと手を引き、スーツの内ポケットに入れた。指輪を取り出し、ベルベットのケースを親指で開ける。

「結婚してくれ、アマンダ」

アマンダは目をまるくし、はっと息をのんだ。

ダニエルはアマンダに反応する時間を与えず、たたみかけた。「心から愛してる。君を愛するのをやめたことはない。僕はこの十五年以上生きていなかった。ただ存在していただけだ」

アマンダの視線は指輪からダニエルの顔へ、そしてまた指輪へ戻った。

「これは――」

「突然だと思うのはわかるよ。でも、僕たちはおたがいのことをよくわかっているし、長い間――」

「私は、信じられないって言おうとしていたのよ」

アマンダの声の調子はこの場にふさわしくなかった。抑揚がなく、ほとんど非難めいている。

「アマンダ？」

「こんなに早く動けるはずがないわ。誰もそんなことできないわ」

ダニエルはアマンダを見つめた。あらためて付き合いはじめて、数週間たっているのだ。それに、僕たちはまったくの他人ではない。それに、二度も愛を交わした。

「よく考えてのことだよ」

「そうなの？　ほんとうに？」

ダニエルは心の中で会話を引っくり返してみて、どこで狂ってしまったのかをさぐり出そうとした。

「ああ」

アマンダは腕時計を見た。「彼が私のオフィスを出たのはほんの二時間前よ」

「誰が？」

アマンダはかぶりを振り、冷たく笑った。「ノーよ、ダニエル。あなたとは結婚しないわ。私はあなたの家族の駒《こま》にはならない」

パニックに襲われ、ダニエルは大あわてで彼女の気持ちを変える方法をさがした。「どうして僕の家族が関係してくるんだ？」

アマンダはシャンパンを外に捨てた。「あなたの家族は最初からかかわっているわ」

ダニエルは空のグラスを見つめた。そういうことだ。僕には価値がないのだ。

「僕たちの愛は、僕の家族に対する君の嫌悪感には勝てないって言うのかい？」

アマンダはクーラーの中に空のグラスを入れた。

「家へ送ってちょうだいって言っているのよ」

ダニエルはばたんとケースを閉めた。「わかった」

夜じゅう、アマンダは正しい決断をしたのだと自分に言い聞かせた。ダニエルは私と結婚したいわけではない。私と結婚したくないのと、彼が〈エ《E》リオット・パ《P》ブリケーション・ホ《H》ールディングス〉の最高経営責任者《CEO》になりたいのは同じことだ。

パトリックはみんなを洗脳していて、それを変えることは私にはできない。なんとかできるのは、自分を救うことだけだ。

私はたしかに正しい決断をしたのだ。

そして目覚まし時計が鳴ったときも、アマンダはまだそう自分に言い聞かせつづけていた。

シャワーを浴びながらも言いつづけた。

しかし、グラノーラを食べ、お茶を飲んでいるときに、自問自答しはじめた。恐ろしい、危険な質問だった。

ほんとうに私は正しい決断をしたのかしら？

もちろんよ。パトリックが裏にいて、ダニエルは父親に急《せ》きたてられなければ、二度とプロポーズなどしなかったはずだ。でも、そこにはなにかがあった。二人の間には魔法があった。残りの人生、それをさがしながら生きることもできたのに。

アマンダはグラノーラを食べるスプーンを下ろし、両手で顔をおおった。もし人生最大の間違いを犯したのだとしたら？

あれは完璧な指輪だった。

完璧なプロポーズだった。

そしてダニエルはたった一人の完璧な男性だ。

突然、腕の中が空虚に感じられた。ばかげている。十五年以上、彼なしで過ごしてきて、たった数週間、また彼と会っていただけなのに。

それを今失いつつあるのだ。

彼のことを考えるのをやめなくては。

アマンダは受話器をとり、無意識にカレンの番号を押してダイヤルしていた。

〈ザ・タイズ〉の家政婦のオリーヴはすぐに電話をつないでくれた。

「もしもし？」早い時間にもかかわらず、元気なカレンの声が聞こえてきた。

「カレン？ アマンダよ」

「まあ」カレンは大声をあげた。「マイケルがなにがあったかを話してくれたわ」

「そうなの？」

「家族じゅうがその話でもちきりよ」

アマンダは椅子の背にもたれた。「そうなの？」

「もちろんよ。信じられないわ」

アマンダはちゃんと話が通じているのか定かではなかった。ダニエルがプロポーズのことをエリオット家の情報網に乗せるかしら？

信じられない。

「カランが偶然聞いたのよ」カレンは言った。「それでブライアンに電話をして――」

「カランがなにを聞いたの？」

カレンは低く口笛を吹いた。「パトリックは怒っているでしょうね」

「私がノーと言ったから？」

沈黙があった。「だって、子供たちの誰も、これまで彼をどなりつける勇気がなかったからよ」

「私は――」

パトリックとダニエルが喧嘩《けんか》をしたのなら、すでに仲直りをしているはずだ。なぜなら、パトリックはあやまったのだから。そして、ダニエルに私と結婚するように言ったのだ。

「二人はもう口もきかないのよ」

「嘘《うそ》。そんなことないわ。昨日、話してるわよ」午後に。パトリックが私のところに来たあとに。パトリックがダニエルにプロポーズをさせようと決めたあとに。

「話してないわ」カレンは言った。「たしかよ」

アマンダは湿った髪を指で梳《と》いた。話が噛《か》み合わない。ただし……。アマンダは目を見開いた。ああ、なんてこと。

「アマンダ？」カレンの声は遠くから聞こえてくるかのようだった。

「行かなくちゃ」

「なにが――」

「あとで電話するわ」アマンダはさっさと電話を切った。

なにか重大な間違いがあったのだ。もしダニエルがパトリックと話していないなら、彼自身の考えでプロポーズをしたことになる。でも、そんなことはありえない。だって、それはつまり……。

アマンダは声に出して悪態をついた。

ダニエルはきちんとタイプされた手紙をデスクの上に落とした。アマンダがここにいることを思い描いていた。彼の腕につかまり、誇らしげにほほえんで、シンプルな結婚式の計画を立てているところを。たとえば、マダガスカルの沖のボートの上とか。

彼女が望むもの、彼女によって欲しくなるものすべてを与える準備はできていた。だが、アマンダは昨夜、反論さえさせてくれなかった。ダニエルの計画を聞こうともせず、ほかの家族と同様、ただ彼を見限ったのだ。

まるでダニエルには自分の生活がないかのように。もちろん、彼は家族を幸せにしておくのが好きだった。いつもは、闘うよりも波に乗るほうが簡単だった。

実際のところ、最初にアマンダが彼のもとを去って以来、すべてのことがどうでもよくなっていたのだ。

でも、彼は生き返った。

アマンダが生き返らせてくれたのだ。

言われたことはなんでもするつもりだったのに、彼女は公平に話を聞いてさえくれなかった。

ダニエルはデスクのホルダーからペンを引き抜き、これ見よがしに辞表にサインをした。まるで一人でマダガスカルへ行くかのように。

オフィスのドアが勢いよく開いた。

ナンシーだと思って顔を上げると、アマンダが部屋に駆けこんできた。

彼女はダニエルを見ると歩をゆるめ、まるで彼に角が生えてきたかのように、いぶかしげに見つめた。

ナンシーがすぐにアマンダのうしろに現れ、明らかに彼女を外へ連れ出そうとした。

「かまわないよ」ダニエルは言い、手をひらひらさせて秘書を追いはらった。

ナンシーはうなずき、ドアを引いて閉め、ダニエルたちを二人きりにした。

「なにか用かい?」

「私……あの……」アマンダはためらいがちに一歩ダニエルに近づいた。咳《せき》ばらいをする。「私……」

ダニエルはペンをホルダーに戻し、じれったさを隠そうともしなかった。怒りにしがみついているのは簡単なことだった。

「今朝はちょっと忙しいんだ」

アマンダの目は見開かれ、潤み、不思議なほど無防備だったが、ダニエルは心を鬼にした。

アマンダは唾《つば》をのんだ。「どうして、ダニエル?」

「どうしてって、なにが?」

アマンダは数秒間、黙っていた。「どうして私に結婚を申し込んだの?」

「理由ははっきり言ったと思うが」

「お父様があなたに話したんだと思ったの」

「父はいつでも僕と話をするよ」

「お父様は私と結婚するように言ったの?」

「七〇年代以降、言ってないよ」

アマンダの声は懇願するように変わった。「じゃあ、なぜ?」

ダニエルは肩をすくめた。「さあ、わからない。僕には自分の脳みそがないから、電話相談をしたんだ。正しいふるまいだと思うけど、彼らは僕にプロポーズすべきだって――」

「ダニエル」

「五回目のデートのあとにね。馬車とシャンパンも提案してくれた。指輪を届けてくれて、キャッチフレーズがいっぱい書かれたカードの束をくれた。見たいかい?」

「ダニエル、やめて」

ダニエルはため息をついた。「今日は大変な一日になるんだ。なにを言いに来たにしろ、それを言って帰ってくれないか?」

アマンダはダニエルの怒りにひるんだ。

「私をにらんでるわ」アマンダは非難した。

「いや。そんなことはないよ」

「そうよ。にらまれていては、言いたいことも言えないじゃない」

ダニエルは腕を下ろし、表情をやわらげようと努めた。彼はただ、今のこの事態を片づけてしまいたかった。「わかった」

「あやまりに来たの」アマンダはダニエルに少し近づいた。「それに……」下唇を噛む。「あれは完璧な指輪だったと言いたくて」

ダニエルが動きをとめると、彼女の香りが彼をじらすように漂ってきた。

アマンダはそっとダニエルの腕に触れ、彼をたじろがせた。

「誤解してごめんなさい」アマンダは言った。「でも、あなたのお父様が来たあとで――」

「父が？」

「昨日、私のオフィスにあやまりにいらしたの」

ダニエルはデスクのほうによろめきそうになった。

「父が君にあやまったのかい？」

「あなたにそうするように言われたって」

「ああ、まあ……」ダニエルはうなずいた。「言ったよ」だが、父がほんとうにあやまるとは思っていなかった。これっぽっちも。

「そして、あなたはまだ私を必要としていると言ったの。それから、あなたが指輪を持って現れて、それで、私――」

「二たす二で答えを導き出したわけか」

「しかも出た答えは七だったわ。ほんとうにごめんなさい、ダニエル」彼の腕に添えた手は震えており、アマンダは彼の目を見つめた。「あの指輪はほんとうに気に入ったわ」

ダニエルの肩にのっていた重荷が下りた。胸が苦しくなり、心臓が低く打つ。「取り戻したいって言っているのかい？」ダニエルはすでに指輪を返品してしまっていたが、電話一本でなんとかなるだろう。

「完璧だったわ」アマンダは言った。

「君は完璧が嫌いだろう」

「そう？　まあ、徐々に慣れるようにしているのよ」アマンダは両腕をダニエルの腰にまわし、体をあずけた。「だって、あなたは完璧で、私はほんとうに心からあなたが欲しいんだもの」

「指輪は持っていないんだ」ダニエルは白状した。

アマンダの目に失望の色が見えた。

ダニエルは情けない男のような気がした。こういう場合に備えておくべきだった。いつもなら不測の事態に対応する計画を立てているのに。

そしてダニエルの視線は、辞表をはさんであるペーパークリップにとまった。

一方で、自然発生的行為を試すことができる。ダニエルはペーパークリップをはずし、ねじって輪にした。

間に合わせの指輪をアマンダに差し出す。「でも、とにかく僕と結婚してくれるかい？」

アマンダはほほえみ、指を差し出して、熱心にうなずいた。「ええ。でも、これで大きなダイヤモンドとしっかり計画したプロポーズから解放されると思わないでね」

ダニエルはペーパークリップをアマンダの指にすべらせた。「僕が計画を立てるのは嫌いなんだろう」

「〈リバーサイド〉のスイートルームのことを考えていたの。何十本もの薔薇《ばら》の花。シャンパン。弦楽四重奏」

「それは君にまかせるよ」ダニエルはうしろに手を伸ばし、デスクから辞表をとり、それを彼女の目の前に持っていった。「僕には別の計画があるからね」

「なにを——」アマンダは目の焦点を合わせて読みはじめた。「わからないけど？」

「僕の編集主任の職をカランに譲ろうと思うんだ」

アマンダはダニエルを見あげた。「どうして？」

「旅に出るからだよ」

「どこへ？」

「どこへでも。新しいアドベンチャー雑誌について調べているんだ」

アマンダは目をまるくした。「お父様は承知なさったの？」

ダニエルは肩をすくめた。「さあね」

「きいてないの？」

「自発的な決意なんだ。いっしょに来るかい？」

アマンダの美しい顔に笑みが広がった。「もちろんよ」

アマンダはダニエルの裸の胸に寄り添った。ひとりでに笑みがこぼれる。

カランは『スナップ』誌の編集主任の地位を受け入れ、パトリックは驚いたことに、ダニエルにアドベンチャー雑誌の調査をさせることを簡単に承知した。ブライアンとカランは、両親がよりを戻したことに歓喜し、旅に出る前に結婚するよう約束させた。

今のところ、なんの計画も立てていなかったが、アマンダは心配していなかった。遅かれ早かれ、ダニエルは誘惑に負け、どこかの舞踏室を借りることだろう。

アマンダはダニエルの胸にキスをした。「最近、愛しているって言ったかしら？」

ダニエルは彼女の頭のてっぺんにキスをして、ぎゅっと抱きしめた。「この三十分は言っていないよ」そして大きなてのひらで彼女の髪を撫《な》でた。「もう計画は立てない。これからは、行動するにつれて新しいことを考え出していくんだ」

アマンダは胸が締めつけられた。「私のために変わってほしくないわ」

「僕のために変わるんだ。そして一部は君のために。君は僕が計画しなかったもののなかで最高のものだからね。愛してるよ、アマンダ」ダニエルはかすれた声でささやき、彼女を抱き寄せた。

ダニエルのベッドわきの電話が鳴り、キスのじゃまをした。

アマンダは時計を見た。「いったい誰が――」

ダニエルは受話器をとった。「もしもし？　カラン？」

アマンダは起きあがった。

「彼女は大丈夫かい？」そしてダニエルはほほえんだ。「〝彼女たち〟は大丈夫かい？」

彼女たち？

ダニエルは送話口を手でおおった。「女の子だ」

アマンダはベッドから飛び出し、服をつかんだ。

「三千三百四十五グラムだ」ダニエルが言う。「メーヴ・アマンダ・エリオットだそうだ」

アマンダの胸は締めつけられ、目に涙が浮かんだ。

「早く」彼女はダニエルにささやいた。

「すぐに行くよ」ダニエルは笑いながら受話器に向かって言った。

「私たちもおじいちゃんとおばあちゃんね」アマンダはスラックスをはきながら言った。

二人は十五分とたたないうちに病院に着いた。

新生児室の窓の前に立ち、新しく生まれた孫娘を見つけようと名札をさがしていると、産科病棟のスイングドアを通り抜けて、カランがあわててやってきた。

「母さん」カランは叫んだ。黄色い紙のエプロンが彼のズボンの膝のあたりでひらひらしている。彼はすぐにアマンダを引き寄せ、ぎゅっと抱きしめた。前後にゆすられながら、アマンダはあえぐように息を吸った。カランはアマンダの頭のてっぺんにキスをした。力強い声はかすれていた。「母さんが僕のために大変な思いをしてくれたことを思うと、信じられない。感謝しきれないよ」

アマンダは胸がいっぱいになり、涙をまばたきで隠した。「感謝することなんてないのよ」カランの胸に向かってささやく。「あなたは世界一すばらしい息子なんだから」

カランは体を引き、アマンダの目を見つめた。

「ああ、母さん」

アマンダは息子にほほえみかけ、彼の額にかかる湿った髪をうしろに撫でつけた。「おめでとう、お父さん」

カランは信じられないというふうにかぶりを振った。そしてダニエルのほうを向き、手を差し出した。「それに、父さん。父さんはこれを経験したんだね。二度も！」

ダニエルはくすくす笑い、カランの手を握り、息子を抱きしめた。

アマンダはまつげからこぼれた涙をふいた。

カランは振り返り、新生児室の窓の向こうを見た。看護師が新生児用ベッドを押してきた。「あれだよ」

ため息をつく。「ああ、なんて小さいんだ」

「小さくて、あたりまえだよ」ダニエルが言う。

アマンダは窓に近づいた。看護師は新生児用ベッドを最前列の真ん中に固定させ、彼らのほうに温かい笑みを向けた。

「触れるのがこわいくらいなんだ」カランは打ち明けた。

ダニエルは息子の背中をたたいた。「大丈夫だよ。ミルクをやって、着替えをさせて、風呂に入れているうちに、いつの間にか、寝る前にお話を聞かせてっておねだりするようになるよ」

カランは無理に笑い、両親に腕をまわした。

アマンダは息子に頭をあずけた。「かわいいわね」

「ああ」カランは同意した。

「ミスティはどうだい？」ダニエルがきいた。

カランはすばやく目をしばたたいた。「彼女は完璧だ。すばらしいよ。今は寝ているんだ」

「やあ、カラン。やったな！」ブライアンと妻のルーシーが到着した。カランはダニエルとアマンダから離れて、兄を出迎えた。

ダニエルがアマンダに近寄ったとき、エリオット家の人々が産科病棟の廊下に集まってきた。最初は五人、そして九人、十二人と新生児室の窓のそばに集まって、話をし、ジョークを言い合っているうちに、アマンダはいつもの不安と動揺を感じた。

パトリックとメーヴが廊下の角を曲がってくるころには、アマンダは胃に刺しこむような痛みを感じていた。私はなにとかかわろうとしているのかしら？

「大丈夫だよ」ダニエルがアマンダの髪に向かってささやき、腰に腕をまわした。

しかし、アマンダには自信がなかった。

するとパトリックがアマンダに向かってうなずき、挨拶するように笑みを浮かべた。カレンはアマンダの名を呼び、人込みの向こうから手を振った。そしてダニエルは彼女を力強い腕の中にしっかりと抱き寄せた。

小さなメーヴが口を開けて大きなあくびをすると、集まった大人たちからいっせいにため息がもれた。新しいエリオット家のメンバーのために、彼らの心がその場で一つにとけ合っているのは明らかだった。

アマンダはダニエルの胸に頭をあずけ、彼の家族のゆるぎない絆《きずな》から希望を引き出した。行く先には衝突もあるかもしれない。だが、今度はうまくやっていけるだろう。

いっしょに。

とっておきの、ときめきを。
ハーレクイン

運命なら、もう一度
2007年8月5日発行

著　　者	バーバラ・ダンロップ
訳　　者	星　真由美（ほし　まゆみ）
発 行 人	ベリンダ・ホブス
発 行 所	株式会社ハーレクイン 東京都千代田区内神田 1-14-6 電話 03-3292-8091（営業） 03-3292-8457（読者ｻｰﾋﾞｽ係）
印刷・製本	凸版印刷株式会社 東京都板橋区志村 1-11-1
編集協力	株式会社風日舎

ISBN978-4-596-51189-8 C0297

心を揺さぶる作風で人気のベストセラー作家

ダイアナ・パーマー

NYタイムズ
ベストセラー
ランクイン作品

すべてを狂わせたあの結婚。
だが、裏には隠された真実があった。

『許されぬ過去』PS-47 **8月20日発売**

●ハーレクイン・プレゼンツ スペシャル

愛するものを命がけで守るヒーローたちが活躍する
ビバリー・バートンの
〈狼たちの休息〉関連作スタート!

☆ヒーローたちが属する警備会社の経営者
サム・ダンディーが再び登場する物語。

〈狼たちの休息、愛はここから〉

第1話『楽園のはてに』LS-334 **8月20日発売**

第2話『Paladin's Woman(原題)』LS-337
9月20日発売

●シルエット・ラブ ストリーム

RITA賞受賞の実績を持つ
実力派マリーン・ラブレースの新作!

政府の諜報機関"オメガ"を舞台にした
ロマンティック・サスペンス3話。

第1話『ダイヤとエメラルド』LS-335 **8月20日発売**

第2話『Devlin and the Deep Blue Sea(原題)』D-1195
9月5日発売

第3話『Closer Encounters(原題)』LS-338
9月20日発売

●シルエット・ラブ ストリーム/シルエット・ディザイア

8月20日の新刊 発売日8月17日（地域によっては20日以降になる場合があります）

愛の激しさを知る　ハーレクイン・ロマンス

愛は気まぐれでなく	リンゼイ・アームストロング／苅谷京子 訳	R-2214
ソレントの赤い薔薇	ヘレン・ブルックス／萩原ちさと 訳	R-2215
プリンスの裏切り（三つのティアラII）	ルーシー・モンロー／中村美穂 訳	R-2216
打ち捨てられたドレス	サラ・クレイヴン／加藤由紀 訳	R-2217
妖婦を演じて	♥リン・グレアム／藤村華奈美 訳	R-2218
憂いのシーク	♥ミランダ・リー／松本果蓮 訳	R-2219
危険な恋の記憶	メラニー・ミルバーン／秋元由紀子 訳	R-2220
情事への招待	スーザン・ネーピア／古川倫子 訳	R-2221

人気作家の名作ミニシリーズ　ハーレクイン・プレゼンツ 作家シリーズ

恋する男たちIII　罠に落ちた二人	ミシェル・リード／柿原日出子 訳	P-304
世紀のウエディングI		P-305
プリンセスの初恋	スーザン・マレリー／霜月　桂 訳	
プリンセスのためらい	スーザン・ブロックマン／松村和紀子 訳	

一冊で二つの恋が楽しめる　ハーレクイン・リクエスト

一冊で二つの恋が楽しめる－恋人には秘密		HR-147
ひそやかな誓い	ゲイル・ウィルソン／上木さよ子 訳	
富豪の愛人	キャシー・ウィリアムズ／久我ひろこ 訳	
一冊で二つの恋が楽しめる－魅惑のシーク		HR-148
消えたシーク	ゲイル・デイトン／北岡ゆきの 訳	
砂漠に降りた天使	ステファニー・ハワード／村山汎子 訳	

ロマンティック・サスペンスの決定版　シルエット・ラブ ストリーム

楽園のはてに（狼たちの休息　愛はここから）	♥ビバリー・バートン／麻生ミキ 訳	LS-334
ダイヤとエメラルド	マリーン・ラブレース／小池　桂 訳	LS-335
フィレンツェの薔薇（奪われた王冠IV）	ニーナ・ブルーンス／浜口祐実 訳	LS-336

HQ comics　コミック売場でお求めください　8月1日発売　好評発売中

シークの孤独（アラビアン・プリンス）	文月今日子 著／テレサ・サウスウィック	CM-20
涙にぬれた口づけ	瀧川イヴ 著／ダイアナ・パーマー	CM-21
シークに焦がれる夜に（奪われた王冠III）	碧　ゆかこ 著／リンダ・ウィンステッド・ジョーンズ	CM-22

クーポンを集めて キャンペーンに参加しよう!

どなたでも!「25枚集めてもらおう!」キャンペーン「10枚集めて応募しよう!」キャンペーン兼用クーポン → 2007 8月刊行 ← 会員限定 ポイント・コレクション用クーポン

♥マークは、今月のおすすめ